心

こころ

EX-LIBRIS

心

こころ

夏目漱石

Natsume Souseki

林佳翰——譯

笛藤出版

附紀念藏書票

目次

上篇　老師與我

老師總是很安靜，很沉穩，但有時會閃過一抹奇妙的陰鬱，就像烏雲投射到窗戶上，才覺得剛投射過來，卻馬上又消失了。

一、

我總稱那個人為老師，因此在此我也只寫老師，不透露其本名。與其說是因為顧忌世俗眼光，不如說是對我而言這樣叫比較自然，每當我喚起那個人的記憶時，馬上就想叫聲「老師」，提起筆的此時，這心境也沒變，因此不想使用讓人感到疏遠的名字縮寫。

我跟老師是在鎌倉認識的，那時我還只是個年少不經世事的學生。我收到一張朋友寄來的明信片，他利用暑假到海水浴場玩，叫我一定要去，我費了兩三天的工夫才籌措到一些錢去玩，但是，在我到鎌倉後還不到三天，叫我去的朋友突然接到從故鄉發來要他回家的電報，電報裡特別寫到他母親生病，不過朋友並不相信，他從以前就被故鄉的父母逼著趕快結婚，但他百般不願意，以現在的眼光來看，他那個年紀結婚是太早了，而且重點是他不中意那個對象，因此本來暑假他理應要回故鄉，卻故意逃避而在東京近郊遊玩。他拿電報給我看跟我商量該怎麼做才好，我也不知道該怎麼辦，可是如果他母親真的生病了，他是理應要回去的，因此他終究決定回去了，把特地來玩的我一個人留下來。

因為離開學還很久，我面臨留在鎌倉也可以、回家也可以的抉擇，最後我決定留在原來的旅店。朋友是中國[1]有錢人家的兒子，完全不用為錢煩惱，不過因為還在念書，而且也還年輕，所以生活程度和我差不了多少，因此獨自被留下的我也不用特別再另外找合適的旅店。

那個旅店在鎌倉算是位於較偏遠的地方，不管是要去撞球還是買冰淇淋這種時髦的事，都要穿越很長一段田埂才到得了，搭車去也要花二十錢，不過那裡到處都有私人別墅，而且離海邊非常近，所以就地理位置而言，要去從事海水浴活動極其方便。

我每天都去海裡游泳，穿越老舊煙燻茅草屋頂之間，往下走到海岸邊，在那裡看到來避暑的男男女女在沙灘上走動，讓人疑惑這個區域真的有那麼多都市的人來玩嗎，有時海面上萬頭攢動，黑壓壓一片頭頂就像是澡堂的景象。不認識裡面任何一個人的我也沉浸在這種熱鬧景色裡，在沙灘上隨意躺臥，任憑海浪打在膝上，到處跑跳嬉戲，非常愜意暢快。

實際上我是在這麼混亂的情況下看到老師的，那時，海邊有兩間小茶屋，我偶然進去其中一家，之後就習慣光顧那家，和在長谷一帶坐擁大別墅的人不同，那些沒有個人專用換衣間的避暑客，勢必需要這種公共換衣間的地方，他們除了在這裡喝茶、休息之外，也能在這裡清洗泳衣、清洗沾滿鹽水的身體，還能將帽子和傘寄放在這裡，即使是不用換泳衣的我也怕貴重物品會被偷，所以在我去海邊時，都把所有隨身物品寄放在小茶屋。

1日本本州島最西部地區的合稱。

二、

當我在那間小茶屋看到老師時，剛好是老師把衣服脫掉正要下水時，而我正好相反，剛從海裡上岸，讓風吹著濕漉漉的身體，兩個人之間萬頭攢動，足以遮蔽我們的視線，只要沒什麼特殊狀況，或許我就不會發現老師了。但儘管那時海邊多麼混雜，我的大腦多麼放空，我之所以能一眼看到老師，是因為老師身邊跟著一個洋人。

那個洋人異常白皙的膚色，在我進入小茶屋的瞬間，就吸引住了我的目光。穿著傳統日本浴衣的他，把浴衣脫下隨意放在板凳上，雙手抱胸站立望向海面，他除了我們都有穿的那件猿股[1]外，身上沒有任何一件衣物，這是讓我最感到不可思議的事。我兩天前到由井海濱，坐在沙灘上一陣子，觀察洋人在海邊活動的景象，我坐著觀察的地方是位於稍微隆起的小丘上，那旁邊緊連著旅館的後門，所以在我屏息觀察的這段期間內，有很多男人從裡面走出來前往泡海水浴，每一個人都沒有露出軀幹、手臂和大腿，女生更是全身都包得緊緊的，大部分的人都是頭戴橡膠製的頭巾，棗紅色、藏青色、靛色在波浪間載浮載沉。剛觀察到那種景象的我眼裡看來，那個只穿著一件猿股就站在眾人面前的洋人著實珍奇。

不久他轉頭對著身旁的日本人說了一兩句話，那個日本人正在撿掉在沙灘上的長條形手帕，一撿起來就馬上綁在頭上，往海域走去，那個人就是老師。

我出於單純的好奇心，從後方看著並肩走到海邊的兩個人，看到他們筆直地踏入波浪中，從岸邊喧鬧的人群間穿越過去，一到達比較寬闊的地方，那兩個人就開始游起泳來，直到他們的頭在海面上越來越小，之後折返，又筆直游回海岸。回到小茶屋後，他們也沒用井水沖澡，馬上擦乾身體穿上衣服，迅速離開了。

他們離開後，我依舊坐在原本的板凳上抽著菸，那時我邊發呆邊想著老師的事，我總覺得那張臉在哪裡看過，但怎麼想就是想不出來是何時在哪見到的。

那時的我，與其說很悠閒，應該說是無聊至極，因此，隔天我算好能見到老師的時間，刻意到小茶屋看看，於是看到老師一個人戴著草帽進來，身邊沒有那個洋人。老師拿下眼鏡放在桌上，馬上拿起長條形手帕把頭包住後，飛快往下走到海邊，老師和昨天一樣穿過喧鬧的泳客之間，一個人游起泳來。此時我突然想隨後追上去，且追到踩起的水花都飛濺到頭上這般深的地方，之後以老師為目標，擺動雙手游起來，此時老師和昨天不同，從奇妙的方向划出一道弧線往岸邊游去，因此我的目的終究沒有達成。當我上岸邊將手上水滴甩掉邊進入小茶屋時，老師已經穿戴整齊，和我錯身往外走了。

1 從腰包覆到大腿的男性內褲。

三、

隔天我也在同樣的時間到海邊，看到老師，再隔天我也又重複同樣的事，可是我們之間沒出現能讓我和他搭話的機會，連打招呼的機會也沒有，而且老師顯現出一副不和別人交流的態度。他在固定的時間凜然出現，又凜然地離開了，不管周遭多麼熱鬧，他連看都不看一眼，一剛開始一起來的那個洋人後來都沒再看到了，老師總是一個人。

有一天，老師如同往常俐落地從海面上岸，要在固定的地方換上脱掉的浴衣時，那件浴衣不知怎地沾滿了沙子，老師為了抖落沙子，轉個身抖了浴衣兩三下，於是放在衣服下的眼鏡從凳子的空隙掉了下來。老師在白底藍花紋的浴衣上繫上腰帶後，看似發現眼鏡不見了，急忙在那附近找了起來，我馬上趴到凳子底下，把眼鏡撿拾出來。老師說了聲謝謝，從我手中拿走眼鏡。

隔天，我跟著老師後面跳入海裡，往老師游的方向游去。大概在海面上游了兩百多公尺時，老師回過頭跟我説話，那附近浮在遼闊湛藍海面上的，除了我們兩個人之外沒有別人了。強烈的太陽光照耀著眼前的山和水，我自在歡欣地擺動著肌肉，在海裡盡情活動身體，老師突然停止手腳的活動，仰躺在海面上，我也學老師這麼做。湛藍的天空閃耀著強烈的亮光，投射到我臉上，刺得我睜不開眼，我大聲叫出：「好舒暢啊！」

一會兒後，老師改變了姿勢在海裡站起來，催促我說：「要不要回去了？」體力比較好的我其實還想在海裡多玩一陣子，可是當老師問我時，我馬上爽快回答：「好，回去吧。」說著，兩個人就循著原來的路往海邊折返。

自此之後我和老師有了交情，可是我還不知道老師住在哪裡。

那天之後隔了兩天，我想剛好是第三天的下午，我在小茶屋見到老師時，他突然轉過頭來問我：「你還要在這裡待很久嗎？」沒想法的我面對這樣的問題，腦中沒有準備該怎麼回答，遂回答：「我還不知道。」但看到臉上默默笑著的老師時，我突然不知所措了起來，不自覺反問：「那老師呢？」這是我第一次叫他老師。

那天晚上我造訪了老師的住宿處，說是住宿處也和普通的旅館不同，是棟位於廣闊寺廟院內的別墅般的建築物，我也知道住在那裡的人不是老師的家人，因為我一直「老師、老師」地叫，他只能苦笑，我辯解說那是我對長輩的習慣稱呼。我試著問了之前那個洋人的事，老師告訴我一些那個人的事，例如他與眾不同之處以及他已經不在鎌倉了，最後他又說自己平常連日本人都不大往來，卻和那個外國人相熟，真是不可思議啊。最後我對老師說我覺得好像在哪裡見過他，但卻一直想不起來。還年輕的我那時暗自懷疑對方也跟我有一樣的感覺，因此在腦中期待老師給的回覆，但是，老師沉思了一會兒後說：「我還是不記得有看過你呢，你是不是記錯了？」我感到一股莫名的失望。

四、

我在月底回東京，而老師離開避暑勝地是在更早之前，在我和老師道別時，問了：「之後我可以隨時去拜訪老師嗎？」老師只是簡單地說：「嗯，你就來吧。」那時我認為已經跟老師很熟了，預期老師應該會有更熱情的回覆，因此這樣不夠熱絡的回答有點傷了我的信心。

老師常在這些事上讓我失望，老師看似有注意到這點，又像是完全沒注意到，我就反覆處於這種輕微的失落感當中，卻也沒想要因此離開老師，反而與此相反地，每當感到不安時，又更想往前進，我認為只要再往前進一點，總有一天我預期的事物會以我想要的形式出現在我眼前吧。我那時很年輕，但也沒想要對所有人都如此熱血坦然相對，我也不知道為什麼只對老師有這股心情，而這在老師已逝的現在才終於開始有所了解，是因為老師一剛開始就沒有討厭我，老師有時對我表現出那些沒帶感情的寒暄或是看起來很冷淡的行為，並不是因為想要疏遠我而表現出來的，而是受傷的老師對想接近自己的人給出的警告，告訴他們「自己沒那麼值得接近，別接近自己吧」。看來像是不接受他人心意的老師在看輕別人前，先看輕了自己。

我當然是打算回東京後也去拜訪老師，回來後到開學間還有兩個星期的時間，我想在這期間去個一次，可是回來後過了兩三天，在鎌倉有的那種心情逐漸變淡，再加上絢爛的大都市氣氛讓我的記憶復甦，且興起了強烈刺激，濃烈地滲透到我的內心，每當我看著路上往來學生的樣貌，就升起對新學年的希望和緊張感，暫時忘掉老師的事了。

開學一個月後，我內心出現了一種鬆散感，我開始露出不滿足的神色在路上徘徊了起來，並且像是要找尋什麼目標般環視著自己的房間，我腦中再次浮現老師的面容，我想再和老師見面。

第一次拜訪老師家時，老師不在，我記得第二次去是隔週的星期日，是個讓人感到心情舒爽、晴朗風和日麗的好天氣，那天老師也不在家。在鎌倉時，老師親口告訴我他大部分時間都在家，他也說自己反而不喜歡外出，而來兩次，兩次都見不到老師的我，想起那些話，心生莫名的不滿。我沒有馬上離開玄關，猶豫地看著女傭的臉，依舊站在那裡，女傭記得上次也幫我轉傳過名片，就讓我在玄關等著，逕自進屋了，之後出來了一位像是師母的人，是一位美麗的夫人。

師母很仔細地告訴我老師的去處，她說老師每個月的這天都會去雜司谷的墓地祭拜某位亡者，她又一副惋惜樣說：「他才剛出門，可能十分鐘，也許還不到十分鐘。」我向她道謝後，往外走了，往熱鬧的街上約走一百公尺後，興起散步到雜司谷的衝動，也好奇起不知是否能見到老師，因此馬上往那裡前進。

五、

我從墓地前的秧苗田左側進去，穿過兩側種植著楓樹的寬廣道路往裡走，此時，看到角落處的茶店裡突然走出一位像是老師的人，我走到看得到他鏡框反光那麼近的距離，然後出其不意大叫一聲「老師」，老師突然停住腳步，看著我的臉，

「為什麼……為什麼……」

同樣的詞彙老師重複了兩次，那個詞彙在寂靜的中午以異樣的語調迴盪著，我忽然回不出什麼話。

「你是跟蹤我來的嗎？為什麼……」

老師的態度倒是很冷靜，聲音很沉穩，但那表情有種無法說清楚的陰鬱。

我跟老師說為什麼我會來這裡。

「我妻子有跟你說我來祭拜誰嗎？」

「沒有，關於這點她什麼都沒說。」

「是喔，嗯，她應該不會說，因為對初次見面的你，不需要說。」

老師總算能接受眼前情況的樣子，但是我完全無法領會那是什麼意思。

老師和我穿過墓園走出大路，在一些寫著伊莎貝爾什麼的墓、神之子民洛基的墓的旁邊，有個寫著「一切眾生皆有佛性」的塔形木牌，也有某某外交使節的，我在刻著「安得烈」的小墓前，問老師：「這個要怎麼唸？」老師苦笑回答：「可能想讓人唸成『Andrew』吧。」

老師看來對於這些墓碑呈現出來的各種樣式，並沒有像我這麼戲謔或嘲諷，我指著那些圓形墓碑或細長形花崗岩的石碑，喋喋不休地說這說那，剛開始老師只是默默聽著，最後說了：「你還沒認真思考過『死』這件事吧。」我沉默了，老師之後也沒再說什麼。

墓園和道路的分隔處聳立著一棵隱蔽了天空的大銀杏樹，走到樹下時，老師抬頭看向高聳的樹梢，說：「再過一陣子會很漂亮喔，這棵樹的樹葉會整個變黃，這附近的地面會鋪滿金黃色的落葉。」因為老師每個月一定會走過這棵樹下一次。

眼前方向有個正在將凹凸不平的地面鋪平整想做新墓地的男人，他停下拿鍬整地的手，望向我們，我們在那裡往左切出去走到街道上。

沒任何目的地的我只是跟著老師，往他前進的方向走去。老師比平常話更少，即使如此，我也不會特別感到無聊，隨意跟著他的腳步走。

「老師要馬上回家嗎？」

「是啊，因為也沒別的地方要去。」

我們兩個默默地往南走下坡。

「老師祖先的墓園在那裡嗎？」我又開口說話了。

「不是。」

「那裡有誰的墓呢……是親戚的墓嗎？」

「不是。」

老師沒有再多做說明，我也沒再繼續談那件事。結束了對話，之後走了約一百公尺後，老師冷不防又回到那個話題：

「那裡是我朋友的墓。」

「您每個月都去祭拜朋友的墓喔？」

「是的。」

那天老師沒再多說什麼。

六、

我從那時開始便時常去拜訪老師，每次去老師都在家，隨著和老師見面的次數增加，我更頻繁地去叨擾老師。

但是老師對我的態度，不管是剛認識的時候，還是變熟了之後，都沒什麼改變，老師總是很沉默，有時還會安靜到令人感到寂寞。我一剛開始就覺得不知為何老師就是很難接近，但心底某個角落又強烈覺得即使如此，還是非得去跟他接近不可，對老師有這種感覺的，或許在眾多人當中，只有我一個人，而這樣的直覺，在日後因某些事獲得了證實，因此不管被說只是單純年輕，還是被笑說是笨蛋，我都覺得我有看透這件事的直覺，很厲害且很高興。能夠愛人且愛得不得了，但卻無法敞開心胸接受闖入自己心中的人，這就是老師。

就像剛才說過的，老師總是很安靜，很沉穩，但有時會閃過一抹奇妙的陰鬱，就像烏雲投射到窗戶上，才覺得剛投射過來，卻馬上又消失了。我第一次看到老師眉間的那抹陰鬱是在雜司谷的墓園，我出其不意地叫住他的時候，我在感到那股異樣的瞬間，原本舒暢流到心臟的暖流塞了一下，不過那只是一時的淤塞，我的心臟在不到五分鐘內就恢復平常的彈性，我之後就忘了那抹晦暗的雲影，偶然又讓我想起來的是在初冬將盡的某個晚上。

和老師說著話的我，眼前突然浮現那棵老師刻意要我看的大銀杏樹，算了一下，老師每個月固定會去掃墓的日子剛好在那三天後。三天後的那天，我的課中午就結束了，是個輕鬆的日子，我對老師說：

「老師，雜司谷的銀杏已經飄落了嗎？」

「應該還沒完全掉光吧。」

老師邊回答邊看著我的臉，然後暫時沒有離開目光，我馬上說：

「老師下次要去墓園祭拜時，我可以同行嗎？我想和老師在那裡散步。」

「我是去祭拜的，不是去散步的。」

「不過順便散步一下不是剛好嗎？」

老師什麼話都沒回，一會兒後說：「我真的只是去祭拜的。」看起來老師很堅持要把祭拜和散步分開，不知道這是不是不想和我去的藉口，我覺得那時的老師真的很像小孩子，很奇怪，我變得更強勢。

「那麼，祭拜也可以，請帶我一起去，我也想去祭拜。」

老實說，我覺得把祭拜和散步分開想是完全無意義的，此時老師的眉間突然皺了一下，眼睛也發出奇異的光，那是種既不是感到困擾，也不是厭惡或恐懼的微微不安感，我登時強烈想起在雜司谷叫「老師」時的記憶，那兩副表情是一模一樣的。

「我……」老師開始說：「我之所以無法告訴你是有原因的，我不想和其他人一起去那裡祭拜，連我妻子都沒跟我去過。」

七、

我覺得很疑惑，但我並不是為了要研究老師而出入這座宅邸的，這件事就這樣讓它過了。現在回想起來，我那時的態度在我的生活裡，應該說是值得欽佩的態度之一，完全是因為這樣，我才能和老師持續人與人之間的溫暖交流，如果我的好奇心有那麼幾分是想研究老師內心而啟動追根究柢的精神的話，連繫我們兩個人之間那條同理心的線，那時應該毫不留情地斷掉了才是。年輕時的我對自己的態度完全沒有自覺，或許是因此才會那麼欽佩自己，如果一個不小心侵犯到老師的私領域，兩人間的關係會有什麼結果啊，我光用想的就不寒而慄，即使沒這樣，老師也總是恐懼著被冷眼觀察。

我每個月一定會去拜訪老師兩三次，在我逐漸頻繁拜訪的某日，老師突然問我：

「你為什麼常來像我這種人的家呢？」

「為什麼啊，沒有什麼特別的意思——還是老師您覺得打擾到您了嗎？」

「我沒說打擾到我。」

果然在老師身上看不到任何受到打擾的樣子。我知道老師的交際範圍極為狹窄，也知道老師以前的同學此時待在東京的只有兩三個人，我有時也會和老師的同鄉同學們一起聚會，但我覺得他們沒有任何一個人像我跟老師這麼熟。

「我是一個寂寞的人，」老師開口說道，「所以你來找我，我很高興，也因此才問為什麼你會這麼常來。」

「那為什麼您會這麼問呢？」

我這麼反問時，老師什麼都沒回答，只是看著我問：「你幾歲？」

這樣的問答對我而言是非常牛頭不對馬嘴的，我那時沒有追根究柢就回家了，而且隔不到四天我又去拜訪老師了，老師一到客廳，就笑出來了。

「你又來了啊。」他說。

「是啊，我又來了。」說著我自己也笑了出來。

如果我被別人這麼說一定會很生氣，可是被老師這麼說時，卻完全相反，我不但沒生氣，反而覺得很開心。

「我是一個寂寞的人，」老師重複說了一次那晚說的話，「雖然我是一個寂寞的人，不過這麼看來，你不也是一個寂寞的人嗎，雖然我很寂寞，不過也上了年紀，不動也沒關係，可是年輕的你這樣不行吧，你一定想盡情地動吧，一定想動到看能碰出什麼火花吧……」

「我一點都不寂寞。」

「年輕時是最寂寞的，那為什麼你那麼常來我家？」

這時老師也重複之前說過的話。

「即使你跟我見面，應該心裡還是有個角落是寂寞的吧，因為我沒能力替你把那股寂寞連根拔除，你不久就一定會把觸角往外延伸，就不會再來我家了。」

老師說著露出了落寞的笑容。

八、

幸好老師的預言沒有成真，那時沒什麼人生閱歷的我連那個預言中隱含的真正涵義都不了解，我依然去拜訪老師，曾幾何時我開始出現在老師家的餐桌一同吃起飯來，自然地也跟師母聊起天來。

身為一個普通男性，我對女性並不冷淡，可是從我年紀尚輕、經歷過的事尚少來看，我沒正式交過女朋友，雖不知道是不是因為這個原因，我只對路上不認識的女生有興趣。我之前在玄關見到師母時，她給我的印象是很漂亮，之後每次看到，這個印象都沒改變，可是除此之外，我覺得關於師母好像沒什麼特別值得說的事。

與其說這是因為師母沒有特色，或許該說是沒機會讓她表現出其特色。我對師母的印象是她就是附屬於老師的一部分，而師母也好像只把我當成是個來拜訪丈夫的學生來招待而已，因此如果不考慮老師這個中間人，我們兩個人是完全沒關係的，是以第一次認識師母時，只覺得她很漂亮，除此之外沒有其他的感想。

有次在老師家，老師勸我喝酒，此時師母也出來在旁斟酒陪伴，老師看起來比平常還開心，跟師母說「妳也喝一杯」並把自己喝盡的酒杯遞出去，師母推託「我……」後，似乎有點困擾地接過去，師母皺起美麗的眉毛，把我倒的半杯酒拿到嘴邊，師母和老師間開始了有點親密的對話。

「很難得呢，你很少叫我喝的。」
「那是因為妳不喜歡啊，不過偶爾喝不錯喔，心情會變好喔。」
「一點也不會變好，太苦了，不過你只要喝點酒就會變得很開心呢。」
「有時候會非常開心，但不是每次都能那麼開心。」
「今天晚上怎麼樣呢？」
「今晚心情很好呢。」
「以後每晚都可以喝一點喔。」
「不能那樣。」
「你喝吧，這樣比較不會寂寞，比較好。」
老師家只有他們夫妻和一個女傭，每次去都很安靜，不會聽到有人高聲談笑，有時甚至覺得屋裡只有我和老師而已。
「有小孩會比較好吧。」師母說著往我的方向看來，我答：「是啊。」可是我心裡完全不認同，沒養過小孩的我那時只覺得小孩是種吵鬧的生物。
「要不要領養一個？」老師說。
「領養的不要啦，你也這麼覺得吧？」師母又朝我的方向看來。
「不管過多久都不會有小孩來投胎啦。」老師說。
師母沉默了，這次換我問：「為什麼？」「因為是天譴。」老師旋即說完並大聲笑了出來。

九、

據我所知，老師和師母是感情很好的一對夫婦，我不是他們的家庭成員，沒有和他們一起生活，當然不知道實際情況，不過當我們在客廳相對而坐時，老師一有什麼事都不是呼叫女傭，而是請師母過來（師母的名字是靜），老師總是往紙拉門方向呼喚「喂，靜」，那呼喚的聲音在我聽來很溫柔，而應聲出來的師母的樣子也完全沒有任何不悅，偶爾老師請我在他們家吃飯，師母也同席，更清楚地顯現出他們兩人間的好感情。

老師有時會帶師母去聽音樂會或看戲，而且夫婦兩人有時也會去一週內的旅行，在我記憶裡，就有兩三次以上，我還留著老師從箱根寄給我的風景明信片，也收到他們去日光玩時，寄給我的一片楓葉。

當時我眼中映出的老師和師母間的關係是這樣的，當中只有一次例外。有天，我照常在老師家的玄關請人讓我進去時，聽到客廳那裡有人在說話，仔細一聽，發現那是不尋常的談話，像是在爭吵，老師家的構造是進玄關後馬上就是客廳，所以站在格子拉門前的我幾乎能清楚聽到爭吵的聲調，而且從不時聲調轉高的男性聲音來判斷，得知其中一個人是老師，另一個人的聲音比老師小，所以無法判斷是誰，不過我總覺得是師母，聽起來像是在哭泣。我不知道該怎麼辦，在玄關猶豫了一會兒，馬上決定回宿舍。

我感到一陣莫名的不安，無法定下心來看書。約莫一個小時後，老師來到我的窗外，叫了我的名字，我一驚打開窗戶往下看，老師邀我：「去散散步吧。」我拿出剛才一直放在腰間的錶，一看已經超過八點了，我回家後還沒換掉外出服，就馬上走出外面。

那天晚上我和老師一起喝啤酒，老師本來酒量就不好，喝到一定程度，如果還沒醉，也不會冒險再喝多一點。

「今天沒辦法。」老師苦笑著說。

「心情無法變好嗎？」我語帶憐憫地問。

我心裡一直記掛著剛才的事，就像魚刺卡在喉嚨般難受，我一下子想開口問清楚，一下子又打消這個念頭，一直搖擺不定，就這樣坐立不安。

「你今天晚上怪怪的呢。」老師先開口，「老實說我也有點怪怪的，你看得出來嗎？」

我完全答不上來。

「老實說我剛才和妻子稍微吵了一架，因此還處於激動狀態。」老師又說。

「為什麼……」

我說不出「吵架」這兩個字。

十、

兩個人回程時，沉默地持續走了一兩百公尺，之後老師突然出聲：

「我真是做了蠢事，我一怒之下出來了，妻子應該非常擔心吧。仔細想想，女人真的很可憐，像我的妻子除了我之外，沒有其他可以依靠的人啊。」

老師的話就此打住，看似也沒要我回話，馬上又接下去說：

「這麼說起來，丈夫似乎比較堅強，這也有點好笑。你呢？你怎麼看我的？覺得我很堅強還是很軟弱？」

「看起來大概中間值吧。」我說。老師對這個答案好像有點意外，他再度沉默，一聲不響地往前走。

老師回家途中會順路經過我的宿舍旁，我走到這裡覺得在轉角處和老師道別有點過意不去，就說：「我順道陪老師走回家吧？」老師突然伸手制止我：

「已經很晚了，你就趕快回去，我也要早點回去，為了我妻子。」

老師最後追加的那句「為了我妻子」莫名地溫暖了我當下的心，因為有了這句話，我可以回家放心睡覺了，在那之後很長一段時間，我都沒忘記「為了我妻子」這句話。

也由此可知老師和師母間興起的波瀾並不是什麼大事，而且就我後來繼續出入他們家的觀察結果，也發現這種事是極少發生的，不只這樣，老師有次甚至對我吐露出這樣的心聲：

「在這世上，女人我只認識一個，除了妻子以外，其他人我都不認為是女人，而妻子也認為我是全天下唯一的男人，就這層意義而言，我們理應是這世上最幸福的一對。」

我現在已經忘記那前後講了什麼，無法說老師為什麼會對我說出這番自白，不過我現在還很清楚記得老師那時的態度很認真，語調很沉著，那時在我聽來覺得奇怪的就是最後那句「我們理應是這世上最幸福的一對」，為什麼老師不果斷地說「是幸福的人」，而刻意說「理應是」呢？我只對這點感到疑惑，尤其對老師講這句時特別加強的語氣感到疑惑，我心中不禁存疑老師實際上是幸福的？還是只是覺得理應是幸福的但沒那麼幸福？不過這個存疑只短暫閃過，就消失無蹤了。

有天我去拜訪時，老師不在家，出現了只有我和師母兩個人面對面聊天的機會，那天有位老師的朋友要從橫濱搭船出國，老師送朋友去新橋，所以不在。那時要從橫濱搭船的人習慣搭早上八點半新橋發車的火車，我因為有本書需要請老師幫忙解惑，所以先和老師約好，並於約定的九點到訪。因為那位友人前一天特地來向老師告別，所以老師認為送他去新橋是禮貌，因此這趟新橋行是臨時起意的。老師出門前對師母說他會馬上回來，所以在他不在時也讓我在家等，因此我就進到客廳，在等老師的那段時間和師母聊天。

十一、

那時我已經是個大學生了，和第一次拜訪老師家比起來，應該成熟了不少，和師母也已經很熟了，我在師母面前完全不會感到拘束，聊了很多事，不過都不是什麼特別的事，所以現在也不記得聊了什麼，其中唯有一件事讓我記憶猶新。不過在說這件事之前，我想先提另一件事。

老師是大學畢業的，這我一開始就知道，但是老師什麼工作都沒做只是賦閒在家，這是我回到東京一陣子後才知道的，我那時想著為什麼能這樣呢？

老師並不是個世間有名的人，所以對於老師的學問和思想，應該沒有人比和老師有密切關係的我抱持更高的敬意，我常說這樣很可惜，老師只一個勁地說：「像我這種人如果在大家面前發表言論，很對不起大家。」沒理會我的提議，而我覺得這個答案太過謙虛，聽起來反而顯得對世間太過冷眼旁觀。實際上老師有時也會大肆批評某些已出名的老同學，因此我明顯點出這個矛盾，與其說是想要反抗，倒不如說是世間不知道老師這號人物真的太可惜了，那時老師用消沉的語氣說：「因為我就是個沒有資格為世間做事的人，這也沒辦法。」老師臉上露出一種寓意頗深的表情，我看不出那是失望、不甘心、還是悲傷？總之就是種不容分說的表情，讓我沒勇氣再往下說。

我和師母聊天時，自然地就聊到老師的這個問題，

「老師為什麼像這樣只在家裡思考、看書，而不出去為社會做點事呢？」

「那個人沒辦法啦，因為他討厭那種事。」

「也就是說他領悟到那是很無聊的事？」

「也不是什麼領不領悟，嗯……我一個女人家也不太懂，不過覺得應該不是那樣，他應該還是想要做點什麼，可是無法做，所以說他很可憐呢。」

「不過就健康方面而言，老師看來應該沒什麼問題吧？」

「很健康啊，沒有任何疾病。」

「那麼為什麼不活躍於社會上呢？」

「就是不知道為什麼啊，你怎麼這麼問呢，如果知道的話，我也不用這麼擔心了，就是因為不知道，才覺得他可憐得不得了。」

師母的語氣非常憐憫，儘管如此，嘴角還是保持著微笑，就外人看來，我反而還比較認真，我板著臉沉默著，此時師母像是想起什麼似地又開口了：

「他年輕時不是這樣的人喔，年輕時完全不一樣，現在則完全改變了。」

「年輕時是指什麼時候？」我問。
「學生時期喔。」
「學生時期時您就認識老師了喔？」
師母突然羞紅了臉。

十二、

師母是東京出身的人，這件事以前聽老師和師母說過，所以我知道，師母說：「其實是混血的。」師母的父親好像是鳥取還是哪裡出身的，母親是在東京還稱為江戶時的市谷出生的女性，所以師母開玩笑地這麼說。不過老師是完全不同方位的新潟縣人，因此師母如果知道老師學生時期的事，很明顯不是從鄉里鄰居那裡聽來的，但是羞紅了臉的師母看似不想再多說什麼，我也就沒再深究下去了。

從認識老師到老師過世前，我問了老師各式各樣的問題藉此得知老師的思想和情操，可是關於結婚時的狀況，幾乎沒問到什麼。我有時將此解釋為善意，認為因為老師是有點年紀的人，刻意不講這些粉紅事蹟給後輩聽；不過有時又將此解釋為惡意，不管是老師或師母，這兩位都依循比我早一個世代的慣例成長，遇到這些粉紅話題時，卻沒勇氣誠實敞開心胸聊。不過不管怎麼想都只是猜測，而且無論哪種猜測，我都假設這兩位結婚背後是充滿豐富的浪漫情節的。

我的假設果然沒錯，可是我只是看到戀愛的一個面向而描繪出那樣的畫面罷了，老師美麗的戀愛背後伴隨著多可怕的悲劇，而且這個悲劇對老師而言多麼慘痛，身為老師伴侶的師母完全不知情。師母到現在也還完全不知道，老師到去世時都對師母隱瞞著這件事，老師在破壞師母的幸福前，先毀了自己的生命。

我現在先不談那個悲劇，關於可說是因為那個悲劇而造成這兩位的戀愛，如同剛才所述的，兩位都幾乎沒對我吐露什麼，師母是因為謹言慎行，而老師則是因為有更深切的理由。

我記得的只有一件事，在某個賞花時節，我和老師一起去上野，在那裡看到一對俊男美女，他們兩個人看似感情很好般依偎在花下散步，因為他們在公開場合這麼做，所以比起群花，很多人把目光轉向那對男女。

「像是新婚夫妻呢。」老師說。

「看起來感情很好呢。」我回。

老師甚至連苦笑都沒有，往視線範圍內看不到那對男女的方向走去，之後問我：

「你有談過戀愛嗎？」

我回答沒有。

「你不想談戀愛嗎？」

我沒回答。

「不是不想談吧？」

「對啊。」

「你看到剛才那對男女，嘲笑了一下吧，在那聲嘲笑當中，夾雜著你想談戀愛卻找不到對象的不快心聲。」

「聽得出是那樣啊？」

「聽得出來啊，如果是戀愛方面很順利的人發出的聲音會更溫暖，可是……可是你聽好了，戀愛是罪惡的喔，你懂嗎？」

我突然驚呆了，無法回任何話語。

十三、

我們在一大群人裡，這群人個個看起來都一臉欣喜的樣子，我們穿過人群，直到看不見花和人的森林裡前，都沒機會開口問那個問題。

「戀愛是罪惡嗎？」我突然問。

「是罪惡，千真萬確。」老師回答這句的語氣跟之前一樣強硬。

「為什麼呢？」

「你馬上就會知道為什麼了。不是馬上，而是你應該已經知道了吧，你的心從很早以前就為情所動了不是嗎？」

我姑且捫心自問了一下，可是那裡意外地很空虛，沒有任何線索。

「我心裡沒有任何一個目標，我自認沒隱瞞您任何事。」

「就是因為沒有目標才會有所行動，現在動是為了有目標物就能穩定下來。」

「我現在沒那麼常動。」

「你不就是因為心靈不滿足，才會一直來我這裡走動嗎？」

「或許是那樣，不過那和戀愛不同。」

「那是邁向戀愛的階段，只不過是作為與異性認識的其中一個步驟，先來同性的我這裡罷了。」

「我認為這是兩件本質完全不同的事。」

「不，是一樣的，我身為一個男人無法滿足你，而且因為某種特別的原因，更無法滿足你，我覺得這對你而言很可憐，你如果要離開我去找別的目標，也無可厚非，我反倒希望你那麼做，但是……」

我莫名悲傷了起來。

「如果您覺得我會離開您，那也沒辦法，不過我還沒有這樣的想法。」

老師聽不進我的話。

「不過你不小心不行，因為戀愛是罪惡的，你在我這裡得不到滿足，相對的也沒有危險，不過……你知道被黑色長頭髮束縛住時的心情嗎？」

我想像得到，可是不知道實際情形。無論如何，老師說的「罪惡」的意思很模糊，我不大了解，而且我也感到有些煩躁。

「老師，關於『罪惡』的意思請再說清楚一點，不然這個話題就到此為止，到我自己了解『罪惡』裡的涵義再來聊。」

「我做了不該做的事，我自認在跟你說實話，但實際上反而讓你焦慮了，我做了不該做的事。」

老師和我從博物館後方朝鶯溪方向邁出沉穩的步伐，從籬笆縫隙間看得到寬廣庭院裡某個區塊種植著幽靜茂盛的山白竹。

「你知道我為什麼每個月都去祭拜埋葬在雜司谷墓地的友人的墓嗎？」

老師這個問題問得非常突然，況且老師也很清楚我無法回答這個問題，我好一會兒都沒回答，老師看似察覺到了，說：

「我又說了不該說的事，本來我認為讓你不安揣測不大好，想對你解釋，結果這個解釋反而會讓你更焦慮，看來沒什麼辦法了，這個問題就別再談了。總之戀愛是罪惡的，你要記得，而且是神聖的喔。」

老師說的話讓我越來越難懂，可是那之後老師沒再談戀愛的事。

十四、

年輕的我只要稍微和某人相處，就容易變得死心塌地，至少在老師眼裡看來是這樣的，因為我認為和學校的課比起來，和老師聊天比較有收穫，老師的想法比學校教授的意見有幫助，結論就是在我眼裡看來，和那些站在講台上指導我的高高在上的人比起來，獨善其身話不多的老師還比較偉大。

「太過沉迷也不好。」老師說。

「清醒後還是這麼覺得。」這麼回答的我充滿自信，老師對我的這番自信不認同。

「你現在只是一頭熱，等熱潮退了就會覺得厭倦了，你這麼看重我讓我覺得有點痛苦，不過再想到未來會在你身上發生的變化，又更痛苦了。」

「我看起來那麼輕浮、那麼讓人無法信任嗎？」

「我覺得看起來很令人憐憫。」

「您是說很令人憐憫，但無法令人信任嗎？」

老師一副困擾似地望向庭院方向，那個庭院前不久還到處開滿大紅的山茶花，現在一朵都看不到了，老師有從客廳眺望山茶花的嗜好。

「說到不信任，我並不是特別不信任你，而是不信任所有人。」

此時，矮竹圍籬外傳來像是賣金魚的小販的聲音，此外聽不到任何其他的聲音，離大路兩百多公尺遠的彎曲小徑裡意外地靜謐，家裡像往常一樣寂靜，我知道師母在隔壁房間，也知道默默做著針線活的師母會聽到我剛才講的話，但是我那時完全忘了這件事。

「那麼您也不相信師母嗎？」我問老師。

老師露出稍許不安的神色，然後逃避直接回答：

「我連我自己都不相信，也就是說因為我無法相信自己，所以導致也無法相信別人，我只能詛咒我自己。」

「如果想得那麼嚴肅的話，不管是誰都沒有能夠相信的事啊。」

「不，不是『想』，是『做了』，做了之後嚇了一跳，然後非常害怕。」

我想循著這個話題再深入了解一點，可是拉門的另一邊傳來：「老伴，老伴」，師母喚了兩聲，老師在第二次呼喚時回：「什麼事？」師母說：「你來一下。」就把老師叫到隔壁房間去，他們兩個人間發生了什麼事我並不知道，在我還沒時間想像時，老師又回到客廳了。

「反正不要太相信我，因為你之後會後悔的，然後為了要報復自己被騙的心情，會進行殘酷的報仇。」

「這是什麼意思？」

「以前雙膝跪在那個人面前的記憶，之後會變成想把那個人踩在腳下，我為了不在未來遭受屈辱，現在不想受到尊敬，與其以後忍受比現在更孤獨的自己，我選擇忍受現在孤獨的自己。生於充滿自由、獨立和自我的現代的我們，每個人都要有體會那種孤獨的覺悟。」

面對有這種覺悟的老師，我不知道能說什麼。

十五、

之後每當我看到師母，都很在意那件事，老師面對師母也始終是這種態度嗎？如果是的話，師母感到滿足嗎？

我無法判斷師母是否感到滿足，因為我沒那麼多機會和師母接觸，而且師母每次看到我的態度都一如往常，再說只要不是老師也在場，我不大有機會和師母碰面。

除此之外我還有另一個疑惑，老師那種對人性產生的覺悟是從何而來的，是只是冷眼旁觀現代社會現象並自省而產生的嗎？老師是安靜坐著思考型的，只要有老師的頭腦，坐著思考社會現象，自然就會產生這種態度嗎？我不認為這麼單純，老師的覺悟看起來像是切身體驗，不似被火燒過後完全冷卻的石造屋輪廓般虛無，我眼裡的老師確實是思想家，可是這位思想家彙整出來的理論背後看來是交織了不容撼動的事實而成的，並不是和自己毫無關連的別人的事實，而是自己切身之痛體會到的事實，好像是由很多使血液沸騰、脈搏停止跳動般的事實堆疊而成的。

這不需要我在心裡亂猜，因為老師自己就這麼自白了，只是那個自白就像是積雨雲，在我頭頂上將不知是何物的可怕事實遮蔽住，而且為什麼那很可怕，我還不知道，那番自白很模糊，但很明顯地撼動了我的神經。

我以老師這個人生觀為基礎，假設老師經歷了一場轟轟烈烈的戀愛（當然是發生在老師和師母之間的），拿老師以前曾說過戀愛是罪惡的這件事對照來看，覺得那也是個線索，可是老師毋庸置疑地告訴我他愛著師母，如此一來從兩個人的戀愛裡應該不會衍生出如此接近厭世的覺悟，老師那句「以前雙膝跪在那個人面前的記憶，之後會變成想把那個人踩在腳下」應該是用在現代的某人身上，也可說並不是發生在老師和師母間的事。

雜司谷不知道是誰的墓地，也時常在我的記憶裡浮動，我知道那是個和老師有深切因緣的墓，儘管我越來越接近老師的生活，但卻無法接近老師的心，這樣的我在腦袋中接受了那個墓，把那當作是老師腦中的生命片斷，可是對我而言，那個墓是完全沒生命的，無法成為打開我和老師間的生命之門的鑰匙，反而矗立在我們之間，成為阻礙我們自由往來的障礙物。

在一切混沌不明的情況下，又有一個我和師母面對面談話的機會，那時是白晝漸短且忙碌的秋天，是個任誰都感受得到微寒的季節，老師家附近連續三四天都遭小偷，都是發生在傍晚，雖說幾乎沒有哪家被搬走大物品，但遭竊的家一定有某些東西被偷走，師母因此覺得不安心，而某天晚上，老師有事一定得外出，老師有某位在外縣市醫院工作的同鄉友人上京，老師因此非得和其他兩三位朋友一起與那位友人聚餐不可，老師跟我說明原委，拜託我在他回家前幫忙看家，我馬上答應了。

十六、

我在華燈初上的傍晚時分到達，謹慎的老師已經出門了，「他說遲到會很不好意思，剛出門了。」師母說著把我帶到老師的書房。

書房裡除了有張桌子和椅子外，還陳列著很多有精美書皮的書，電燈透過玻璃窗照著那些書，師母讓我坐在火盆前的坐墊上，說：「就請你看看放在那裡的書吧。」就走出去了，我覺得我就像個等待主人回家的客人，有點過意不去，我小心翼翼地抽著菸，聽到師母在飯廳跟女傭說了些什麼，因為書房位於飯廳緣廊盡頭轉彎的角落，以整棟建築物的位置來看，比客廳更加安靜許多，一會兒師母說話聲停止後，就無聲息了，我保持著等待小偷的心情，屏息注意周遭。

約莫三十分鐘後，師母又出現在書房門口，說了聲「啊呀」，用稍微驚訝的眼神望向我，似乎是看到像客人般正襟危坐著的我，覺得好笑。

「那樣很拘束吧？」

「不，不會拘束。」

「不過很無聊吧？」

「不會，一想到小偷有可能來就很緊張，也不會無聊。」

師母手端著紅茶，笑著站在那裡。

「因為這裡太角落了，就看家而言不是個好位置。」我說。

「那麼不好意思，請您出來屋子中間，剛才覺得您可能會覺得無聊，才端茶過來，不過如果您覺得在飯廳會比較好的話，就到飯廳來喝茶吧。」

我跟在師母後面走出書房，飯廳裡漂亮的長方形火盆上的鐵壺正發出聲響，我在那裡享用著茶和點心，師母說睡不著就不好了，因此沒有拿茶喝。

「老師果然有時會參加這樣的聚會嗎？」

「不，他很少去，好像最近越來越討厭和人打交道。」

這麼說著的師母看起來也沒特別感到困擾，我就大膽地問：

「那麼師母是例外囉？」

「不，我也是被討厭的其中一人。」

「騙人的吧。」我說，「師母自己在說時也知道這是騙人的吧。」

「為什麼？」

「就我看來，老師是因為太喜歡師母，所以才討厭世間啊。」

「你不愧是有念過書的人，很會誇獎別人，很會講出空泛的理論，其實也可以解釋成因為他討厭世間，所以連我也討厭了，一樣的道理。」

「兩種解釋方式都可以，不過就這件事而言，我的說法比較正確。」

「我不喜歡爭論，男人常會非常陶醉於爭論，就像是拿著空酒杯到處敬酒般毫無意義。」

師母的這番話講得有點不客氣，不過聽起來絕不是那麼刺耳，師母並不像一些現代人會想讓對方認同自己很聰明，再從這種行為裡找到一種優越感，比起這些表面功夫，師母看起來更重視深藏在心裡深處的想法。

十七、

我還有一些該講的事準備在那之後講的，可是我怕師母會認為我是故意發起爭端的男人，遂打住了，師母默不作聲地望著喝乾的紅茶杯底，問：「要不要再來一杯？」我馬上把茶杯遞給師母。

「要幾個？一個？兩個？」

夾起砂糖的師母刻意看著我的臉，問了要加幾顆砂糖到茶杯裡，師母的態度並不是要特別討好我，不過像是要打破剛才那股強勢言論的氣勢，語氣很輕柔。

我默默地喝茶，喝了之後還是不作聲。

「你都不說話欸。」師母說。

「因為感覺好像說了什麼，又會被罵說要引起爭論。」

「怎麼可能。」師母再次說。

我們兩個人以這個為起頭，又開始聊起天來，而且又以兩個人都有興趣的老師為話題討論起來。

「師母，可以讓我再繼續剛才那個話題嗎？雖然您聽起來可能覺得是空泛的歪理，但我並不認為那是不著邊際的事。」

「那你就說吧。」

「如果師母您現在突然離開，老師有辦法照常過生活嗎？」

「這不知道啊，這個問題除了問老師之外沒有別的方法，這不是該拿來問我的問題。」

「師母，我是認真的，所以您不要逃避，應該要誠實回答。」

「我很誠實喔，誠實地回答我不知道。」

「那麼師母有多愛老師呢？這個問題不是問老師，而是問您比較好，所以想請問一下。」

「不用特別挑明地問這個問題吧。」

「您的意思是說不用那麼認真問，這是看就知道的事嗎？」

「嗯，是啊。」

「對老師這麼忠心的您突然離開的話，老師會變得怎麼樣？對世間所有事都不感興趣的老師，在您突然離開後，會變得怎麼樣？不是老師覺得怎麼樣，是從您的角度來看會怎麼樣？就您來看，老師會變幸福還是不幸？」

「就我來看很清楚地（老師或許不這麼認為），老師離開我後只會變不幸而已，而且恐怕會無法生活下去，這麼說看似很自戀，不過我有自信現在正讓老師過著幸福的人生，甚至擅自認為沒有任何人能比我讓老師過得更幸福，因為這樣我才能這麼冷靜。」

「我認為這種信念老師心裡也感受得到。」

「那又是另一個問題了。」

「您還是想說老師討厭您嗎？」

「我沒有認為被討厭了，因為沒有理由被討厭，只是老師討厭世間吧？而且與其說是世間，最近已經變得討厭人類了，所以身為人類之一，我也不被喜歡不是嗎？」

我終於能夠接受師母所說的被討厭的意思了。

十八、

我很佩服師母的理解能力，師母的態度不像舊式日本女性，這點也給我種新的刺激，儘管師母幾乎完全沒使用那時開始流行的所謂的新潮詞彙。

我是個沒有和女生深入交往經驗的愚蠢青年，身為男性的我基於面對異性產生的本能，常常夢到憧憬的女性，不過那只像是眺望著懷念的春天雲朵般的心情，只不過是做個模糊的夢罷了，所以當眼前出現真的女性時，有時我的情緒會突然改變，我不會被出現在眼前的女性吸引，遇到這種情形，反而會產生抗拒心理，但我在師母前完全沒有這種感覺，也幾乎感受不到平常橫亙在男女間的思想差距，我忘記師母是位女性，只把師母當作是一位能夠真誠地批評老師或理解老師的人。

「師母，之前我問您老師為什麼不多在社會上活躍時，您曾說過他原本不是這樣的吧？」

「是的，我說過，因為他本來就不是那樣啊。」

「那他之前是怎麼樣的呢？」

「是個像你希望的那樣，而且也是我希望的那樣值得信賴的人喔。」

「那為什麼突然改變了呢？」

「不是突然的，是慢慢變成那樣的。」

「師母在那段期間一直都和老師在一起吧？」

「當然是啊，因為我們是夫妻啊。」

「那老師變成那樣的原因您應該也完全了解吧？」

「所以我很困擾啊，你這麼問我老實說我很痛苦，我再怎麼想，也想不出來，到目前為止我不知道跟他說過幾次『請您對我實話實說』了。」

「老師都怎麼說呢？」

「『沒什麼好說的，沒什麼需要擔心的事，我個性就變成這樣』，他只這麼說，完全不正面回答我。」

我沉默了，師母也止住沒再說話，在女傭房裡的女傭也沒發出任何聲音，我已經完全忘記小偷的事了。

「你是不是認為我應該負責？」師母突然問。

「不。」我答。

「請你不要隱瞞，老實對我說，你這麼想讓我更加痛苦。」師母頓了一下，「別看這樣，我也是為了老師盡我所能做了很多事。」

「這老師一定也感受得到，您不用擔心，請放心，這我能夠保證。」

師母撥弄著火盆裡的灰燼，然後把水壺裡的水注入鐵瓶裡，鐵瓶瞬間安靜了。

「我終於忍不住地問了老師『如果我有不好的地方，請直接跟我說，只要是改得掉的缺點我都會改』，然後老師說『妳沒有缺點，有缺點的是我』，聽到他這麼說，我悲傷得不得了，淚流不止更想問出我的缺點。」

師母眼中盈滿淚水。

十九、

剛開始我跟師母相處時是把她當作一位很懂人情世故的女性，當我抱著這樣的心情聊著聊著，師母的感覺漸漸變了，她說的話已不止衝擊我的頭腦，而是開始衝擊到我的心，她說自己和丈夫間沒有任何芥蒂，可是雖然應該不存在任何芥蒂，卻還是感覺存在著什麼，然而想要睜眼看清楚那到底是什麼，卻又什麼都看不到，這就是師母的痛苦之處。

師母一剛開始斷言因為老師看世間的眼光是厭世的，所以結果就是也討厭自己，雖已這樣斷言，但又無法平心靜氣地接受這個想法，再想得更深入一點，反而想成相反的發展，推測出老師是因為討厭自己，最終變成討厭世間，可是再怎麼努力也想不到佐證這個推測的事情，老師一直是個很稱職的丈夫，溫柔又體貼，師母將這團疑雲用每天每天的愛情包覆住，悄悄地埋在心裡深處，那天她將這團疑雲在我面前攤開讓我知道。

「你怎麼想？」她問，「因為我的原因，他才變成那樣，還是因如你說的人生觀還是什麼的才變成那樣的？請你如實告訴我。」

我沒想要隱瞞，可是如果這當中存有我不知道的事情的話，不管我的答案是什麼，都沒辦法滿足師母，而且我相信這裡面有我不知道的事存在著。

「我不知道。」

師母瞬間露出期待落空的哀憐表情，我馬上接著說：

「不過我能保證老師絕對沒有討厭師母，我只是把老師親口說的話傳達給您而已，老師是不會說謊的吧？」

師母什麼都沒回答，一會兒後說：

「老實說有件我在懷疑的事……」

「是關於老師變成那樣的原因嗎？」

「是的，如果原因真的是那樣，我就沒有任何責任了，僅此也能讓我放下心中大石，不過……」

「是什麼樣的事呢？」

師母猶豫著望著自己放在膝上的手。

「那你自己判斷，我會說明。」

「如果是我能判斷的話，我會做。」

「沒辦法講出全部喔，全部都講的話會被罵，我只說出不會被罵的部分。」

我緊張地吞了口水。

「老師還在念大學時，有一個感情非常好的朋友，那位在快畢業前死掉了，突然死掉了。」

師母用像是在我耳邊低語般的微小聲音說：「實際上是死於非命。」那種說法讓人忍不住問：「為什麼？」

「我只能說到這裡，可是發生了那件事之後，老師的個性就漸漸改變了，我不知道那個人為什麼會死，老師可能也不知道吧，不過想到老師從那之後就變了，也不能認為和那件事無關吧。」

「在雜司谷的就是那位的墓吧？」

「那件事也約好不說的，所以我也不能說，但是有人會因為一個好朋友死掉就變那麼多嗎？我好想知道這點，所以這是我想請你判斷的部分。」

而我的判斷倒是比較偏向否定的。

二十、

我在自己掌握到的事實範圍內，盡力安慰著師母，師母也表現出一副想被我安慰的樣子，因此我們兩個人一直談論著同樣的問題，可是我本來就沒抓到事情的根本，而師母的不安也像是從漂浮著的薄雲般不切實際的疑惑中產生出來的，說到事件的真相，師母本身也沒知道很多，而就算是知道的內容也沒辦法完全告訴我，因此安慰的我和被安慰的師母都像是搖搖晃晃地浮在海面上，在搖搖晃晃當中，師母始終堅決想伸手抓住我那不可靠的判斷。

十點左右玄關傳來老師的腳步聲時，師母彷彿突然忘了剛才所有的事，丟下坐在她面前的我站了起來，然後和打開格子拉門的老師幾乎迎頭撞上，被丟在後面的我也跟著師母走出去，只有女傭可能是在打瞌睡，都沒出來。

老師倒是心情很好，可是師母的心情更好，我對剛才積在她美麗眼睛裡的淚光與緊蹙的黑眉毛還記憶猶新，我仔細觀察到這異樣的變化，如果那不是演出來的（實際上我也不認為那是假的），那剛才師母的訴苦只單純是以我為對象玩弄感情而已，不能不認為是種女性的惡作劇，不過那時的我本來就沒用那麼批評的眼光看師母，我看到師母的態度突然亮起來，反而放心了，我改變了我的想法認為這樣就不需要擔心了。

老師笑著問我：「辛苦你了，小偷沒來吧？」又說：「因為沒來，你們是不是覺得沒什麼勁呢？」

要回家時，師母說：「真是抱歉呢。」那樣子與其說是讓我在忙碌當中還要花時間來的這種過意不去的抱歉，聽起來比較像是開玩笑地說我都特地來了，卻沒有小偷進來而感到抱歉，師母邊說邊把剛才拿出來吃剩的西點用紙包起來放到我手中，我把那包點心放到袖子裡，快步穿過人煙稀少的寒夜中的蜿蜒小巷，往熱鬧的大街走去。

我把那晚的事從記憶裡抽取出來詳細記述於此，當然這也是我認為有必要才寫出來，不過說到拿著師母給的點心回家時的心情，老實說我沒認為那天晚上的對話很嚴肅，我在隔天離開學校回家吃午餐時，看到桌上那包昨晚帶回來的點心，馬上從那裡面拿出塗了巧克力的褐色蜂蜜蛋糕大口吃起來，而且在吃的時候，深感給我這份西點的那對夫妻畢竟還是世上幸福的一對，津津有味地吃著。

秋天已過冬天來臨前並沒發生什麼特別的事，我在拜訪老師時，會順便拜託師母幫我洗衣服和縫衣服，在那之前沒穿過襦袢[1]的我就是從那時開始，在襯衫上加上黑色領子的，沒有孩子的師母說做這些事反而能讓她打發時間，是種對身體很好的藥。

1穿在和服裡面的襯衣。

「這是手織的呢，我至今還沒縫過質料這麼好的衣服呢，所以覺得很難縫，針很難穿過去，因此折斷了兩支呢。」

即使在抱怨這些時，師母也沒露出絲毫困擾的表情。

二十一、

冬季來臨時，突然發生一件事讓我非得回故鄉一趟不可，母親的來信中寫著父親的病況不是很好，雖說並非馬上有危險，可是畢竟年紀也大了，所以希望我儘可能找時間回去看看。

父親以前就有腎臟方面的疾病，如同常見於中年人身上的，父親這是慢性病，不過本人和家人都深信只要好好保養，就不會突然惡化，實際上他都跟來訪的客人吹噓，他是靠著養生，對抗病魔至今。母親信上寫著這樣的父親某天一到庭院幹活時，突然一陣暈眩就昏倒了，家人都誤認為這是輕微腦溢血，馬上做了些處置，之後醫生認為並不是這樣，判斷果然這是宿疾所引起的，大家才把昏倒和腎臟病連結起來。

離寒假還有一段時間，我想說等到學期結束後再回去也沒關係吧，一兩天沒理這件事，可是就在這一兩天內，腦中不時浮現父親躺著的畫面、母親擔心的神色，每次想到心裡就痛苦不已，飽嚐這種心情的我終於決定還是回家好了，為了不花時間等待從家裡寄旅費來，我決定在去跟老師告辭時順便跟他暫借這次回家所需的費用。

老師有點感冒，說懶得到客廳，遂要我到書房。從書房窗戶穿入冬天少見的令人懷念的和煦陽光照射在書桌上，老師在這採光很好的房間裡放個很大的火盆，靠著放在支撐棒上的金屬盆子裡散發出來的水蒸氣，預防呼吸不順。

「如果是大病就算了，這種小感冒反而讓人很煩。」老師看著我苦笑著說。

老師沒生過什麼大病，因此聽了老師這麼說，我很想笑。

「如果只是感冒的話，我會忍耐，再更嚴重的病，我還真不想罹患。老師也一樣吧，只要您試著生一次大病就知道了。」

「是這樣嗎，如果說要生病的話，我想罹患絕症。」

我沒特別注意老師說的話，馬上跟他說出母親來信的內容，提出想跟他借錢的要求。

「遇到這種事你很傷腦筋吧，這點錢現在手邊有，你就拿去吧。」

老師把師母叫來，讓她在我面前拿出所需金額，師母從裡面的小茶几還是什麼櫃子的抽屜裡拿出錢，慎重地放在白紙上，說：「你很擔心吧？」

「昏倒好幾次嗎？」老師問。

「信上沒寫，不過那種病會那麼常昏倒嗎？」

「嗯。」

他們第一次告訴我師母的母親也是因和我父親一樣的病而過世。

「反正很難好吧？」我說。

「是啊，如果我能代替他生病就好了……他會想吐嗎？」

「不知道耶，信上什麼都沒寫，大概不會吧。」

「只要不會想吐就還不是那麼嚴重喔。」師母說。

我搭了那天晚上的火車離開了東京。

二十二、

我父親的病沒有想像中的嚴重，雖然如此，在我到家時，他盤腿坐在床鋪上，「因為怕大家擔心，嗯，我就忍耐著像這樣靜養，不過已經可以起身了。」但是隔天，他不顧母親的反對，終究離開床鋪，母親心不甘情不願地摺著粗綢棉被，說：「你父親因為你回來了，突然變得很逞強。」不過我倒是不覺得父親的舉動是虛張聲勢。

我哥哥在遙遠的九州工作，等於除非是有緊急狀態發生，不然他無法自由回家見父母親，而我妹妹遠嫁他鄉，也不是在發生事情時，能夠隨意呼喚回來的，也就是說在三兄妹裡，最容易活動的就是還在念書的我。這樣的我聽從母親的話放掉學校課業，在放假前就回家，這件事讓父親感到很欣慰。

「只是這種小病就讓你跟學校請假也太可憐了，都怪你母親信上寫得太誇張了。」

父親嘴上這麼說，而且不只這麼說，還要母親把一直躺著的床鋪收掉，以示他如同往常般健康。

「如果太輕忽，又再度復發就不好了。」

父親似乎很開心我這番提醒，不過他只稍微聽一下就過了。

「沒什麼大不了的，只要像平常一樣小心照顧就好了。」

實際上父親看起來沒什麼問題，他在家裡自在走動，既不會喘也沒有暈眩，只是臉色看起來比一般人差許多，不過這也不是現在才出現的症狀，所以我也沒特別在意。

我寫信給老師謝謝他們借我錢，並強調我在過完年回東京後會還，請再等一陣子，之後又提到父親的病況沒有想像中嚴重，暫時不需要擔心，他既沒有暈眩也沒有想吐，只在最後補上一句「希望老師感冒趕快好」，因為我認為老師的感冒沒很嚴重。

我寄這封信時完全沒預期老師會回信，寄出後，跟父母說到老師的事，邊遙想著老師的書房。

「下次去東京時帶些香菇還是什麼的去吧。」

「嗯，不過老師會吃乾香菇嗎？」

「雖說不是特別好吃，不過也沒人討厭吧。」

我覺得把老師和香菇聯想在一起怪怪的。

收到老師的回信時，我有點驚訝，特別是當我發現信上並沒有寫什麼特別重要的內容時，更加驚訝，我認為老師單純出於好意，所以回信給我而已，一想到此，這封簡單的回信對我而言是多麼欣喜啊，再說這封信是老師給我的貨真價實的第一封信。

說到第一封信，我要先說明一下，可能有人認為我和老師之間常常有信件往來，但我要先說實際上並非如此，在老師生前，我只收過兩封他的信，一封就是這次這封很簡短的回信，另一封是老師過世前特地寄給我的一封非常長的信。

父親這種病的特性是不能運動，因此即便他離開床鋪，也幾乎沒有到戶外去。有次，在某個天氣晴朗的午後，他走出庭院，那時我怕他萬一有什麼閃失，遂陪在他身邊，我因為很擔心，試著要他把手放到我肩上，他笑著拒絕了。

二十三、

我常陪沒事做的父親下將棋，因兩個人都很懶，就把棋盤放在暖桌的腳架上，手放在暖桌被裡，要移動棋子時再把手從暖桌被裡伸出來，有時棋子不見了，也要到下一盤前才發現，有時母親還會在灰燼裡找到棋子，用火鉗夾出來，很好笑。

「圍棋的話，棋盤太高，而且棋桌已經有桌腳，無法放在暖桌上玩，以這點來看，將棋剛好，可以像這樣輕鬆隨意地下，對懶人而言再好不過了，再下一盤吧！」

父親贏的時候一定會這麼說，習慣這麼說後，連輸的時候也說再下一盤吧，也就是說無論輸贏，他都想倚著暖桌下將棋。剛開始我還覺得很新奇，對這個像是隱居生活的娛樂很有興趣，可是隨著日子一天一天過去，這種程度的刺激無法滿足年輕精力旺盛的我，我只好把握著「金將」或「香車」等棋子的拳頭伸到頭上，有時還明顯地打起哈欠來。

我想起東京的事，就會聽到熱血沸騰的心臟深處傳來噗通噗通的跳動聲，很不可思議的是我覺得那鼓動的聲音本來是很微弱的，在想到老師後，力量變強了。

我在心裡將父親和老師做了比較，從世人眼中看來，兩個都是沒怎麼特別活動的安靜男人，再從是否受到別人認同這點來看，兩個都是零，即使有這些共同點，作為一個我消遣娛樂的同伴而言，這個想下將棋的父親是無法滿足我的，反而是以前並非抱著玩樂心態往來的老師，卻比歡樂交際產生的關係對我的思想造成的影響更大。只說「對思想造成影響」則太過冷靜，所以我想改成「對我精神造成的影響」，即使說老師的力量深入我的肉體，或是說老師的生命流入我的血液裡，對那時的我而言一點都不誇張。我父親是我真正的父親，老師是個毫不相干的外人，這清楚明白的事實擺在眼前，我卻覺得好像第一次發現了什麼真理般非常驚訝。

在我開始覺得無趣後，父母眼中的我本來很新奇，後來也漸漸無趣了，我想這是只要有在暑假回家鄉的人不管是誰都有體驗過的經驗，剛開始的一個星期，會受到熱心款待，但過了那股高峰期，之後家人的熱情就會開始下降，最後就會受到有你沒你都沒差的對待。我也在這段期間內過了那股高峰，再加上我每次回家時，都會從東京帶回一些父母都不懂的奇怪氣息，就像以前，將基督教的氣息帶進儒家家裡般，我帶回家的東西和父母都沒辦法融合，當然我想把這些隱藏起來，但是原本就是附著在身上的東西，即使沒故意表現出來，總是會被父母發現，我終究忍不下去了，想早點回東京。

父親的病況很幸運地維持住，一點都沒有惡化的跡象，為了以防萬一，還特地從遠方找來很厲害的醫生，請他審慎檢查，果然除了我知道的症狀外，沒發現其他異狀，我就決定在寒假還沒結束前離開故鄉，可是人心真的很奇妙，一旦我說出這個想法，父母都反對。

「你要回去了？還很早不是嗎？」母親說。

二十四、

回到東京時，新年裝飾的松飾都已撤掉，整個城市吹著寒冷的風，放眼望去已看不到新年的氣息了。

我馬上去老師家還錢，也帶上之前父母說要送的乾香菇去，但如果沒說什麼就隨手拿給他們也很奇怪，所以我特地放在師母面前，並說這是我母親交代要給他們的。乾香菇放在新的點心盒裡，師母鄭重道了謝，拿起盒子要起身走到裡面房間時，似乎稍微驚訝於這盒子之輕，問：「這是什麼點心？」我和師母較熟後，她會在這些小地方露出這種極為坦率的童心。

他們兩位都針對父親的病情反覆問了各種擔心的問題，當中老師說了：

「聽了你講的狀況，的確目前不會出什麼大事，不過畢竟還是生病，還是要相當小心才行。」

關於腎臟病，老師知道很多我不知道的事。

「那種病的特徵是很有可能自己都不知道自己罹患了這種病，有位我認識的軍官就是罹患了這種病，突然就過世了，讓人感到不真實，因為連侍奉在旁的妻子都沒照料的機會，聽說是他半夜把妻子叫起來說他有點痛苦，隔天早上就死掉了，而且妻子一直認為丈夫只是在睡覺呢。」

至今都很樂觀的我突然擔心了起來：

「我父親會不會也變成那樣？也不是說完全不可能吧？」

「醫生怎麼說？」

「醫生說無法治療，不過也說暫時不用擔心。」

「那就好啊，醫生都這麼說了。我剛才說的是他沒發現自己罹患這種病的例子，而且他是一個很不養生的軍人。」

我稍微放心了，一直觀察著我情緒變化的老師又補了一句：

「不過人不管是健康還是生病，都是很脆弱的，無法說何時會以什麼方式死掉呢。」

「老師也會思考這些事嗎？」

「即使是這麼健康的我，也不是完全沒想過。」

老師嘴角露出些許微笑。

「常有人突然死掉不是嗎？有自然死的，也有因非自然的暴力瞬間死掉的吧。」

「『非自然的暴力』是什麼？」

「我也不知道那是什麼，不過自殺的人大家都是使用非自然的暴力吧。」

「這麼說的話，被殺也算是非自然的暴力造成的吧？」

「我完全沒想到被殺的那方，原來如此，這麼說起來算是。」

那天聊完這些我就回家了，回到家後也不再為我父親的疾病感到擔心，老師說的自然死去或是因不自然的暴力而死去的那些話，也只於當時留下一點淺淺的印象，之後也沒在我腦中殘留。我想起那篇幾次想動手寫卻又偷懶的畢業論文，真的不認真開始寫不行了。

二十五、

預定在那年六月畢業的我按照慣例，應在四月底寫完論文，我屈指「二、三、四」算著剩下的時間時，稍微懷疑了我的膽量，其他人早就開始蒐集資料、把重點寫下來，看起來都很忙的樣子，只有我完全還沒動，只是下定決心在新的一年要好好寫論文而已。我靠著這個決心開始動筆了，卻忽然無法前進，到目前為止我憑空訂了一個很大的題目，也大致訂好了大綱，現在卻頭痛煩惱了起來，之後我把論文題目縮小，然後為了不花很多時間去將精煉的思想系統性地彙整，決定只把書裡有的資訊羅列出來，然後加一點相應的結論就好。

我選的題目和老師的專業很相近，我之前曾和老師討論選這個題目好不好，那時老師說不錯吧，感到很狼狽的我趕快去老師家，問老師我該念哪些參考書，老師爽快地把他知道的知識都告訴我，還借我兩三本需要念的書，不過老師絲毫沒有想負責指導我的意思。

「因為我最近沒怎麼看書，所以不知道新知識，你還是去問學校的老師比較好。」

老師有段時間非常喜歡看書，之後不知道為什麼，不再像之前那麼喜歡看了，我此時突然想起之前師母告訴過我的這件事，我把論文的事放一邊，隨口問道：

「老師為什麼不像之前那樣喜歡看書呢？」

「也沒什麼為什麼……可能是覺得不管讀多少書也不會變得多了不起吧，還有……」

「還有？還有什麼原因嗎？」

「也不是什麼了不起的理由，以前啊，和別人聊天或是被問到什麼時，如果不知道會覺得很丟臉，不過最近領悟到就算有不懂的事，也沒那麼丟臉，最後就變成沒精力勉強自己念書了，嗯，說直接一點就是已經老了。」

老師說這話時倒是很平靜，正因為沒顯現出任何脫離世人的懊惱，我也沒什麼勁再繼續問下去，雖說我不覺得老師老了，可是也不覺得他有多了不起，就這樣回家了。

之後我就像是被論文附身的精神病患，眼帶血絲非常痛苦，我也問了一年前畢業的朋友各種狀況，其中一個人在論文截止日那天坐車奔馳到系辦，趕上最後一刻，還有一個人晚了十五分鐘，五點十五分才交，差一點就被拒收，是主任好心才終於受理。雖然我感到不安，不過心也比較定了，每天坐在書桌前寫到筋疲力竭，如果沒在書桌前，就是進入昏暗的藏書室，穿梭在高聳的書架間，我就像是個風雅人士要發掘骨董般搜尋著書背的金字。

隨著梅花盛開，凜冽的寒風漸漸轉向吹南風，過了一陣子，耳邊不斷傳來櫻花綻放的訊息，即使如此我還是像拉著馬車的馬只望著前面，被論文鞭策著跑。時序來到四月下旬，我終於按照預定完成論文了，在那之前都沒去拜訪老師。

二十六、

我真正獲得自由是在八重櫻飄落後，枝枒上悄然冒出青綠嫩葉的初夏時節，我帶著飛出鳥籠的小鳥般的雀躍心情，一眼望盡寬廣天地自由展翅，我馬上去老師家，枸橘圍籬暗黑的樹枝上，冒出鮮嫩的新芽，石榴的枯幹上帶光澤的茶褐色樹葉映著和煦日光，一路上吸引我的目光，我感到有生以來第一次看到這些珍奇景象。

老師看著面露欣喜神色的我說：「論文已經交出去了吧？太好了。」我說：「託您的福終於完成了，已經沒有任何需要做的事了。」

實際上那時候的我抱持著已經把該做的事都做完了，接下來可以盡情玩也沒關係的心境，我對自己完成的論文充滿自信和滿足感，我在老師面前喋喋不休地說著我的論文內容，老師一如往常只說著「原來如此」、「這樣子啊」沒有特別做什麼評論，我覺得與其說是不夠滿意，應說是些許掃興，即使如此，那天我非常神采奕奕，精力多到試著違逆老師那因循保守的態度，想邀請老師一起去一片綠意復甦的大自然裡。

「老師要不要去哪裡散個步？出去外面心情會很好。」

「去哪裡？」

我是哪裡都可以，只是想把老師帶到郊外去而已。

一個小時後，老師和我照預定離開都市，在那些稱不上是什麼村還是鎮還是區的安靜地方隨意散步，我從整排的紅芽石楠上摘下嫩葉，吹出聲音，我有一個出生於鹿兒島的朋友會吹，我模仿著自然就會吹了，而且吹得很好，我很得意地吹著時，老師裝作沒聽到，轉頭走掉了。

被茂密的嫩葉包覆住的一棟微高小屋旁有條小路，釘在門柱上的門牌寫著「○○園」，讓人馬上知道那不是私人宅邸，老師望著緩緩上坡的入口說：「進去看看吧？」我馬上回：「是個庭園呢。」

穿越一片樹叢轉了個彎再往上爬，左邊有一個房子，敞開的紙拉門內空蕩蕩的，不見任何人影，只見屋簷下放著個大盆子，裡頭的金魚悠游著。

「好安靜喔，擅自闖入可以嗎？」

「沒關係吧。」

我們兩個又往裡走，可是那裡也沒看到半個人影，只見杜鵑花海熱情綻放，老師指著其中一株赤褐色較高的樹說：「這是霧島杜鵑花吧。」

那裡也種了一片十多坪的芍藥，不過因為還不是花開的季節，沒有任何一株開花，在這片芍藥園的旁邊有個陳舊的長板凳，老師就呈大字型狀躺在那上面，我坐在長板凳的一角抽菸，老師仰望萬里無雲的青空，我則是被包圍著我的嫩葉吸引，那些嫩葉仔細看，每片顏色都不同，即使是同一棵楓樹，枝枒上的樹葉也沒有哪兩片顏色一樣，老師隨意掛在小杉樹尖端的帽子被風吹落了。

二十七、

我馬上把那頂帽子撿起來，用指甲把沾到的紅土彈掉，邊跟老師說：

「老師，帽子掉了。」

「謝謝。」

老師半起身接過帽子，隨後維持這個半起半臥的姿勢，問我一件奇怪的事：

「這麼問有點唐突，你們家應該有很多財產吧？」

「沒有那麼多。」

「有多少呢？雖然這麼問很沒禮貌。」

「要說有多少喔，只有一點山和田地，錢應該是沒有。」

這是老師第一次認真問我家的經濟狀況，我沒問過老師的家境，剛認識老師時，我也懷疑過他怎麼能不用工作，之後這個疑問也一直盤踞在我心上，但我覺得問老師這麼露骨的問題太沒禮貌了，遂忍著沒問。嫩葉的顏色舒緩了眼睛的疲累，我心裡忽然又觸及到這個疑惑。

「老師怎麼樣呢？您有多少財產呢？」

「我看起來像是資產家嗎？」

說起來老師平常穿著很樸素，而且家裡人少，因此住宅絕對不大，不過連不諳內情的我都看得出來其生活物質富裕，總而言之，老師的生活雖稱不上奢華，不過絕對不是過得拮据無餘裕。

「是吧？」我說。

「我是有些錢啦，但絕不是資產家，資產家會蓋更豪華的房子。」

此時老師起身，盤腿坐在長板凳上，說完這句就拿著竹杖在地面上畫起圓圈，畫完後就像拄著拐杖般把竹杖垂直插在地上。

「別看我這樣，我本來也算是資產家。」

老師說這句話時像是半自言自語，沒馬上接到話的我終究沒開口。

「別看我這樣，我本來也算是資產家，你知道嗎？」老師又說一遍，然後看著我微笑，我還是沒回答，應該是說不知道該怎麼回答，於是老師換了另一個話題：

「你父親的病況後來怎麼樣了？」

自新年後我就不知道父親的病況怎麼樣了，每個月隨著家裡寄錢來時附的信上，一如往常是父親的字跡，幾乎都沒提到病情，字也寫得很端正，一點都沒顯現出罹患這種病的人會寫出的顫抖潦草字跡。

「他們什麼都沒說，應該是已經沒什麼問題了吧。」

「如果狀況是好的話，是再好不過的了，只是畢竟是個病啊。」

「果然還是不能放心啊？不過應該還撐得不錯吧，他們什麼都沒說喔。」

「這樣啊。」

我本來以為老師問我家財產的事，還有問我父親的疾病的事是一般的談話，就是那種想到什麼就直接說出口的一般談話，但是老師問這件事的背後其實有將兩件事連結起來的重大意義，沒經歷過老師那樣經驗的我當然沒注意到這點。

二十八、

「如果你家有財產的話，我認為一定要趁現在請父母先處理好比較好，我這麼說可能太多嘴了，不過趁你父親還健在時，自己該拿的份就要趕快先拿，不然等事情突然發生後，最難處理的就是遺產問題了。」

「嗯。」

老師說的這番話我沒特別放在心上，因為我相信在我家裡，不只是我，不管是父親或母親，沒有任何一個人在擔心這件事，而且以我跟老師的往來經驗來說，老師說的這番話太過於現實，讓我有些吃驚，可是基於平常對長輩的敬意，我保持沉默。

「如果你覺得我好像現在就在詛咒你父親即將去世，而感到不愉快的話，我跟你道歉，但是只要是人都會死，不管多健康的人也無法預測什麼時候會死。」

老師的口氣帶有少見的苦澀。

「我一點都不擔心這種事。」我辯解。

「你家有幾個兄弟姊妹？」老師問。

除此之外老師還問了我家族的人數、有沒有親戚、叔叔嬸嬸們的狀況，然後最後問了：

「大家都是好人嗎？」

「看來是沒有那種被認為是壞人的人，因為大多是鄉下人。」

「鄉下人為什麼就不會是壞人？」

我對這句逼問感到困窘，可是老師不給我時間想要怎麼回答。

「鄉下人比都市的人都還壞，而且你剛才說在你的親戚們當中，看來沒有那種被認為是壞人的人吧，可是你認為世上有種叫做「壞人」的人種嗎？世上沒有那種所謂壞人的類型喔，平常大家都是好人，至少大家都是普通人，可是會在遇到某些緊要關頭時突然變成壞人，這才可怕，所以不能掉以輕心。」

老師看來沒有要結束這個話題的樣子，我也想說些什麼，此時後方突然傳來狗吠聲，老師和我都嚇一跳回頭看。

長板凳旁到後方種植著杉樹苗，旁邊長著三坪左右的茂密山白竹，山白竹上露出狗的臉和背，吠個不停，此時有個十歲左右的小孩跑過來斥責狗，小孩帶著有徽章的黑帽子繞到老師面前鞠了個躬。

「叔叔，您進來時，家裡都沒人嗎？」小孩問。

「都沒人在喔。」

「姊姊和媽媽明明在廚房啊。」

「是喔，有人在喔。」

「啊，叔叔，您要進來時要先說『您好』打聲招呼再進來啊。」

老師苦笑著從懷中拿出小錢包，拿出五錢鎳幣放入小孩手中。

「你去跟媽媽說請她讓我們在這裡休息一下。」

小孩機靈的眼中盈滿笑容，點了點頭。

「我現在是偵查隊長了。」

小孩這麼說完後穿越杜鵑花叢間往下跑去，狗也高高捲起尾巴隨著小孩身後跑去，不久後有兩三個差不多同年紀的小孩也隨著偵查隊長後方跑去。

二十九、

老師剛才那個話題因狗和小孩跑出來攪局，沒能談完，因此我抓不到老師要講的重點是什麼，老師擔心的財產等問題，那時的我完全不擔心，因為以我的個性和境遇來看，那時的我沒有任何理由讓我因利害關係感到困擾，仔細想想，或許因為那時還沒出社會，而且也還沒實際上遇到那種狀況吧，總之年輕時的我認為金錢問題還是個很遙遠的問題。

在老師那番話裡我只有一件事想問清楚，就是「人在遇到緊要關頭時，任誰都會變成壞人」這句話是什麼意思，只就字面上的意思來看，我也不是不懂，只是我想了解其更深涵義。

狗和小孩離開後，寬廣嫩葉園再度恢復原來的寂靜，然後我們就像被沉默鎖住般一動也不動，澄澈天空的顏色漸漸失去光芒，眼前那棵樹大概是楓樹吧，像水滴般垂在枝枒上搖曳著的鮮綠嫩葉，感覺好像漸漸變暗，遠方道路傳來喀啦喀啦拖曳大板車的聲響，我想像那是村裡的男人們載著樹木等東西往廟會前去的景象，老師聽到那聲音，馬上像是從冥想中甦醒過來般站了起來。

「差不多該回去了，雖說日照時間變長了，不過像這樣悠閒度過，不知不覺間就要日落了呢。」

老師的背上滿是剛才躺在長板凳上時沾到的印痕，我用雙手把那些印痕拍掉。

「謝謝，有沒有樹脂黏在上面？」

「我拍得很乾淨了。」

「這件短外掛是前不久才做的，因此如果隨便弄髒的話，回去會被妻子罵，謝謝你。」

我們兩個又來到緩坡上的屋子前，剛進來時沒看到任何人的長廊上，老闆娘和十五六歲的女兒正在纏絲線，我們在大金魚缽旁向她們打了聲招呼：「打擾了。」老闆娘說：「不會，沒好好招待你們。」也對剛才我們給小孩鎳幣的事道謝。

出了門口走了兩三百公尺，我終於開口對老師說：

「剛才老師說任誰在遇到緊急狀況時都會變成壞人，那是什麼意思呢？」

「什麼意思？沒什麼深奧的含意，也就是說那是事實，不是什麼道理說得通的。」

「說是事實也沒關係，我想問的是『緊急狀況』是什麼狀況，這到底是指什麼時候？」

老師笑出來，就像是已經錯過時機，現在已經沒勁說明了。

「是『錢』啊，你知道嗎，只要看到錢，不管是多君子的人都會立刻變成壞人。」

我覺得老師的答案太過平凡，很沒意思，老師一副不在興頭上，我也就覺得沒什麼勁，靜靜地往前走去，自然地老師被落在後面，老師在後面喊著：「喂喂！」

「你看！」

「看什麼？」

「你的心情不也是因為我的一句話就變了嗎？」

老師看著為了等他而轉頭停下來的我這麼說著。

三十、

那時我心裡覺得老師很可惡，和他並肩走著時也故意不問我想問的事，不過老師不知道有沒有察覺到我的心情，一副沒想理會我態度的樣子，只是靜靜地一如往常邁著沉穩的步伐往前走，我有點惱火，想要說點什麼來整一下老師。

「老師。」

「什麼事？」

「老師剛才在那個庭園休息時有點激動吧？我很少看到老師激動的樣子，感覺今天看到老師少見的一面。」

老師沒馬上回答，我認為好像有達到效果，不過也感到好像又打偏了，沒辦法只好不再說什麼。此時老師突然往路邊走去，然後在整理得很漂亮的矮樹圍籬旁，捲起衣服下襬小便起來，我在老師小便時，只是茫然地站在那裡。

「啊，讓你見笑了。」

老師說著往前走去，我終究放棄駁倒老師了。我們經過的路旁景象漸漸熱鬧起來，已看不到剛才放眼望去都是寬廣的田地、坡地和平地，左右出現一排排的房子，即使如此還算閑靜，看得到有些房子的院子角落有豌豆蔓纏繞著竹子，或是用鐵絲網圍起的一圈養著雞。我們和從市中心回來的馱馬擦身而過，我被周遭景色吸引住，以至於剛才卡在心裡的問題不知道飛到哪去了，老師突然回頭談那件事時，老實說我已經忘了。

「我剛才看起來那麼激動嗎？」

「也不是說非常啦，就有一點……」

「嗯，看起來很激動也沒關係，因為實際上很激動，我一說到財產的事就一定會很激動，不知道在你看來我是怎麼樣的人，不過我是個很會記恨的人，受到的屈辱和傷害，十幾二十年也不會忘記。」

老師說話時的語調又比之前更激動了，可是讓我驚訝的絕不是那個語調，而是老師那段話裡要傳達給我的意義，老師親口告訴我這段自白，和老師極熟的我感到非常意外，我從未想過老師的個性特色裡具有這種執拗之心，我以前認為老師是更柔弱的人，然後我在那又柔弱又崇高之處，置入我的眷戀之情，因一時的氣憤想要反抗老師的我，在聽了那段話後，突然變得很渺小。老師接著說：

「我被人騙了，而且是被有血緣關係的親戚騙的，我絕不會忘記這件事，在我父親面前表現出一副善人樣的他們，在我父親一死後就轉變成不德不義的人，我從小就一直承受來自他們的屈辱和傷害至今，恐怕會承擔這些至死吧，因為我到死前都不會忘記那些事，可是我還沒報仇，仔細想想，我現在做著比對個人報仇更嚴重的事，我不只憎恨他們，我是普遍憎恨著他們這樣的人類，我覺得這樣就夠了。」

我甚至說不出安慰的話語。

三十一、

那天的談話就此打住沒再繼續展開，應該是說老師的態度讓我感到害怕，不敢再深入探究。

我們從郊區搭上電車，在車內幾乎完全沒交談，下電車後馬上就要道別了，道別時，老師又變了，他用比平常更開朗的語調說：「你從現在到六月是最輕鬆的時期呢，或許是一輩子裡最輕鬆的時期，你就盡情地玩吧。」我笑著脱掉帽子，那時我看著老師的臉，懷疑起老師真的在心裡某處憎恨著一般人嗎，那眼睛、那嘴巴，哪裡都沒顯現出厭世的跡象。

坦白說，在我思考任何事上遇到問題時，老師講的話帶給我很大的啟發，可是不得不說有時想要得到啟發卻得不到，老師的談話有時會在不得要領的情況下收場，而那天我們兩人在郊外的談話，也同樣作為不得要領的一例留在我的心中深處。

臉皮很厚的我有天終於在老師面前説出這件事，老師笑了，我説：

「因為我資質駑鈍所以不得要領的話也沒辦法，可是您明明知道這點，卻不解說清楚，這樣我很困惑。」

「我沒有任何隱瞞。」

「您有隱瞞。」

「你是不是把我的思想和見解這類的內容和我的過去混在一起想了？雖然我是貧乏的思想家，可是我沒有對人隱瞞我腦中整理出來的思想，因為沒必要隱瞞，可是如果是我非把我的過去全部都告訴你的話，又是另一個問題了。」

「我不認為是另一個問題，因為那是由老師的過去衍生出來的思想，所以我很重視，如果把兩者分開來看的話，對我來講就幾乎是毫無價值的東西，就好像只是一個沒有靈魂的人偶，是無法滿足我的。」

老師吃了一驚般看著我的臉，拿著菸的那隻手有點顫抖：

「你很大膽。」

「我只是很認真而已，認真地想從人生當中獲取教訓。」

「即使揭穿我的過去也在所不惜嗎？」

「揭穿」這個詞帶著可怕的聲響突然傳入我耳裡，我覺得現在面前坐著的是一個罪人，而不是平常我尊敬的老師。老師臉色蒼白。

「你真的是認真的嗎？」老師確認了一次後說：「我因過去的境遇，讓我對人起疑心，所以老實說我也很懷疑你，可是我再怎麼也不想懷疑你，因為你實在單純到無須懷疑，在我死去前，想要相信人，即使只有一個人也好，你能成為那唯一的一人嗎？能為我成為那個人嗎？你是打從心底認真的嗎？」

「我是認真地面對生命，所以我剛才說的話是認真的。」

我的聲音顫抖著。

「好吧，」老師說，「我就說吧，把我的所有過去坦白對你說，你聽了後要……算了，那不重要，可是我的過去對你而言說不定沒那麼有幫助，說不定不聽還比較好，還有……現在還不能講，你心裡先有個底就好，因為不在適當的時機我是不會講的。」

我回住處後也還感到一股壓迫感。

三十二、

我的論文，在教授眼中的評價似乎沒有我自己評價的那麼高，不過還是順利通過了。畢業典禮那天，我把充滿霉味的舊冬衣從行李箱拿出來穿，站在典禮會場上，大家都露出熱得不得了的表情，我整個身體包覆在密不透風的厚呢絨下，非常不舒服，才站一下子，手裡的手帕就已經濕透了。

典禮一結束，我馬上回家全身脫光，打開二樓窗戶，將畢業證書捲成一圈當作望遠鏡，從洞裡看著那一圈內的世界，然後把畢業證書丟在桌上，身體呈大字型躺在房間正中央，我躺著回想自己的過去，也想像自己的未來，於是覺得分隔這兩種生活的這張畢業證書，像是一張有意義、又像是一張沒意義的奇怪紙張。

那個晚上，老師招待我去他家用餐，這是因為之前就有約定畢業那天的晚餐不在外面吃，要在老師家吃。

餐桌如之前說好的放在客廳靠近緣廊的地方，有花紋的厚桌布優雅清爽地反射出燈光，只要在老師家吃飯，一定會像西餐廳一樣，在純白亞麻布上面擺上筷子和碗，而且那塊布一定是剛洗得很乾淨的純白桌布。

「和領子及袖口一樣啊，如果要用髒掉的桌布，不如一開始就用有顏色的還比較好，所以如果要選白色的話就一定要純白的。」

聽他們這麼一說，了解到原來老師有潔癖，書房也整理得很乾淨整齊，不講究的我常常特別注意到老師的這個特色。

「老師非常敏感。」我之前跟師母這麼說時，她說：「不過對於服裝他不會那麼在意喔。」在旁聽到的老師笑著說：「說真的，我是精神上的敏感，因此一直覺得很痛苦，仔細想想這是種很愚蠢的性格。」其實我不知道精神上的敏感的定義就是俗稱的神經質還是倫理上的潔癖，好像連師母也不大懂。

那個晚上，我和老師面對面坐在那塊純白的桌布前，師母一個人坐在面向庭院的那側，把我們兩個分隔在她的左右邊。

「恭喜！」老師說著為我舉杯，我對那杯酒並沒特別感到開心，當然其中一個原因是我沒有雀躍到能接受這句話，可是老師講這句話時也絕沒帶著讓我雀躍起來的語調。老師笑著喝了酒，我在那個笑容裡看不出任何不安好心的嘲諷，同時也看不出他是真心覺得這是件值得恭喜的事，老師的笑容對我顯示出「世間在此時會說『恭喜』吧」。

師母對我說：「太好了呢，你父母一定很開心吧。」我突然想到生病的父親，想著要趕快拿畢業證書回去給他看。

「老師怎麼處理畢業證書的啊？」我問。

「怎麼做啊，嗯，應該還收在某個地方吧？」老師問師母。

「嗯，應該是還收著吧。」

他們兩個人都不清楚畢業證書放在哪裡。

三十三、

吃飯時，師母叫坐在旁邊的女傭去做別的事，自己負責服務，這好像是老師家對於親近的客人採取的常規，剛開始的一兩次我感到誠惶誠恐，不過去個幾次後，我就很自然地把碗遞到師母前。

「要茶？還是飯？你也很會吃呢。」

師母有時也會直言不諱，可是那天因為天氣熱的關係，我並沒有如她開玩笑所說的吃得那麼多。

「已經吃飽了？你最近食量變很小呢。」

「並不是食量變小，而是因為真得太熱了吃不下。」

師母喚來女傭叫她收拾餐桌，之後又叫她端冰淇淋和水果上來。

「這是自己做的喔。」

沒工作的師母很有時間自製冰淇淋請客人吃，我又追加了兩碗。

「你也終於畢業了，接下來有什麼打算？」老師問。老師把座椅移往緣廊邊，坐在門檻邊，背靠著紙拉門。
我只是知道自己畢業了，可是沒想過接下來要做什麼，師母看到不知道怎麼回答的我問：「教書？」我也沒回答，於是她又問：「那是當公務員嗎？」老師和我都笑了出來。
「其實我什麼都還沒想，老實說關於職業，我完全沒想過，因為沒自己做過的話，根本不知道哪個好哪個不好，所以很難選擇。」
「也是啦，但那也是因為畢竟你家有些財產，所以你才能這麼悠哉，不然你看看那些沒錢的人，沒辦法像你這樣平心靜氣。」
我有些同學在還沒畢業前就去找中學教師的工作，我在心裡默認師母的話，可是卻這麼說：
「可能有點受到老師的影響了吧？」
「真是受到了不好的影響呢。」
老師苦笑著。
「受到影響也沒關係，不過要注意就像我之前說的，要趁你父親還在世時，先分到該拿的財產，沒拿到前都不能掉以輕心。」

我想起那個杜鵑花盛開的五月初時節，和老師一起在郊外庭園裡那個寬廣庭院深處談到的事，那時在回程途中老師用激動的語氣跟我說的強烈話語又再次在耳邊迴盪著，那段話不只強烈，更是一段驚悚的話，但是對不明就裡的我而言，那也同時是段摸不著頭緒的話。

「師母，你們家有很多財產嗎？」

「為什麼你會問這種事呢？」

「因為問老師，他也不告訴我。」

師母笑著看著老師說：

「因為沒有多到可以拿來說嘴吧？」

「可是要有多少財產才能像老師這樣不工作呢？我想做個參考，這樣回去才能跟父親談，請務必告訴我。」

老師望著庭院，若無其事地抽著菸，我談話的對象自然變成是師母。

「我們也不是有多少錢，只是能像這樣勉強過日子而已，你看也知道啊。這些不談，你接下來真的不能什麼事都不做，不能像你老師一樣整天無所事事……」

「我才不是無所事事。」

老師只稍微轉了個頭瞥了一眼，否定了師母說的話。

三十四、

我那天晚上十點後才離開老師家，因為預計兩三天後就會回鄉，所以在離開前，說了點道別的話語：

「再來有一陣子無法見到你們。」

「九月會來東京吧？」

因為我已經畢業了，所以來東京的時期不一定要九月，可是我也沒想在盛夏的八月來東京生活，對我而言沒有非得做什麼不可的時間。

「嗯，應該會是九月吧。」

「那就好好保重自己了，我們這個夏天說不定也會看情況去某些地方旅行，因為真的很熱，如果有去的話，再寄風景明信片給你吧。」

「預定去哪裡呢？如果你們有去的話。」

老師默默笑著聽我問這句話後說：

「我們又還沒決定要不要去。」

要離席時，老師突然抓住我問：「話說你父親的病況怎麼樣了？」關於父親的健康狀況我幾乎完全不知道，只認為既然家人什麼都沒說，應該是不差吧。

「那並不是一個很好對付的病喔，如果出現尿毒症，就表示沒救了。」

我不懂「尿毒症」這個病名及病症，之前寒假回鄉請醫生來看診時，完全沒聽到這樣的術語。

「真的要好好照顧你父親喔。」師母也說，「病毒如果蔓延到腦部就沒救了，這不是開玩笑的。」

沒經歷過的我雖然覺得害怕，還是默默笑著說：

「反正就是種治不好的病了，再怎麼擔心也沒用。」

「如果能想得這麼開，就沒什麼好說的了。」

師母不知道是不是想起以前因同樣疾病過世的母親，用消沉的語調說出這句後就看著地上，我也真心可憐起父親的命運。

此時老師突然看向師母說：

「靜，妳會比我先走吧？」

「為什麼？」

「沒有為什麼，只是問問看而已，還是說我會比妳先離世呢？世間大概認為丈夫留下妻子先走是理所當然的吧。」

「也不是一定這樣，不過男方總是比較年長吧。」

「所以理論上就會先走吧，這樣的話我也勢必要比妳先離開到另一個世界吧。」

「你比較特別。」

「是這樣嗎？」

「因為你身體很健康啊，幾乎都沒生過什麼病吧，這麼說起來應該是我先走吧。」

「妳先喔？」

「是啊，一定是我先。」

老師看著我，我笑了。

「可是如果是我先走的話，那妳要怎麼辦？」

「怎麼辦喔……」

師母支吾了一下，看起來是想像老師死時的悲哀，心頭揪了一下吧，不過再次抬起頭時，情緒已經轉換了：

「怎麼辦喔，沒辦法啊，你說是不是，因為人的壽命沒有定數啊。」

師母看向我用開玩笑的口吻說。

三十五、

我打住離開的腳步，重新坐回椅子上，在他們談論到一個段落前陪他們聊。

「你怎麼認為？」老師問。

老師先過世還是師母先過世，這本來就不是我該判斷的問題，我只是笑著說：

「壽命說不準呢，我也不知道。」

「這真的就是壽命啊，人在出生時就註定了能活的年數，無法改變啊，老師他父母就幾乎一樣啊，幾乎同時過世的啊。」

「過世的時日嗎？」

「也不是真的同一天，不過差不多，就是接著過世啊。」

這個資訊對我而言是個新的資訊，我覺得很不可思議。

「為什麼在同一個時期過世呢？」

師母正要開口回答我的問題，卻被老師阻止了。

「那件事別說了，沒什麼意思。」

老師故意將手裡的團扇甩得啪啪作響，然後又看向師母說：

「靜，如果我死了，這個房子就給妳。」

師母笑出來。

「順便把這塊地也給我吧。」

「那沒辦法，這塊地是別人的啊，不過我所有財物都可以給妳。」

「謝謝你，可是那些原文書我拿到也沒什麼用啊。」

「可以賣給二手書店。」

「能賣多少錢呢？」

老師沒說能賣多少錢，可是老師的談話沒離開離自己還很遠的「死」這個話題，並且假設這個死一定會出現在師母面前，師母剛開始看起來故意隨便回答，不過漸漸地就顯現出感傷的女人的心情。

「『如果我死了、如果我死了』，你要說幾次啊？求求你別再說了，不要再說『如果我死了』，一點都不吉利，如果你死了的話，全部都如你願處理，這樣總可以了吧？」

老師望著庭院笑了出來，可是沒再說師母不想聽的事，我也覺得待太晚了，馬上起身，老師和師母送我到玄關。

「希望病人早日康復。」師母說。

「九月見。」老師說。

我和他們道別後踏出玄關，玄關和大門之間有一株茂密的桂花樹，像是阻礙著我的去路般在深夜裡長滿枝枒，我走了兩三步，看著佈滿暗黑葉子的樹梢，想像著不久後的秋天，這裡就會綻放出花朵與花香，在我心底自以前就將老師的宅邸和這棵桂花樹連起來一起記住，我偶然站在那棵樹前，讓思緒馳騁於秋天再度拜訪這棟宅邸時的情景。剛才透過格子門照射出來的玄關的燈光突然熄滅了，看來老師夫婦已進入屋子裡了，我獨自在黑暗中走出外面。

我沒馬上回到住處，在回鄉前有些東西要採購，而且也必須讓塞滿美食的胃消化一下，我就一個勁地往熱鬧的街上走去。街上還呈現一副華燈初上的感覺，看來沒有要緊事的男男女女悠閒走著，我遇到今天和我一起畢業的某個同學，他硬是拖我去喝酒，我在那裡聽他講些不切實際的高談闊論，回到住處已超過十二點了。

三十六、

我在隔天也冒著暑氣到處走動購買家人託我買的東西，在信上看到他們託我買東西時沒覺得怎麼樣，可是真的採買起來，卻覺得好麻煩，我在電車裡擦汗時，憎恨起那些完全不覺得這樣是浪費別人時間且給人添麻煩的鄉下人。

我並不打算一整個夏天什麼事都不做，因為我已經訂好回鄉後的行程，為了實踐計畫也必須買一些書，於是我打算在丸善的二樓消磨半天的時間，我站在和自己有密切關係的書架前，從頭到尾一本一本翻閱。

買東西時最不知道該怎麼選購的是女人的半襟[1]，只要跟店員說要買半襟，他就拿出各式各樣的商品，但說到要選購哪一個時，卻只不斷猶豫，再加上其價錢差很多，有些我覺得應該很便宜，一問卻發現很貴，有些覺得很貴就想說不問了，結果那些反而很便宜，或是儘管很認真互相比對，但還是不知道為什麼價錢會差這麼多，我完全被打敗了，然後在心裡後悔為什麼沒請師母幫忙。

1和服襯衣上的襯領。

我買了手提箱，當然只是個國產的劣質品，不過金屬零件等都亮晶晶的，所以足夠拿來向鄉下人炫耀了，這個手提箱是我母親託我買的，她特別在信裡叫我畢業時要買一個新的手提箱，把所有伴手禮都裝進去帶回家，我讀到那句時笑了出來，與其說我不懂母親在打什麼主意，不如說我覺得那句話太好笑了。

我就像跟老師夫婦道別時講的，在道別後三天內就搭火車離開東京回鄉了。自這個冬天以來，老師就針對父親的病況提醒我各式各樣的事情，我理應最該擔心父親的狀況，但不知道為什麼我沒為此感到痛苦，反而想到父親過世後母親傷心的樣子，覺得很可憐，或許在我心裡某處已經有父親就要過世的覺悟了，在寫給在九州的哥哥的信上也寫出父親終究無法再恢復到健康的狀態，請哥哥儘量把工作排開，這個夏天回家一趟也好，甚至寫到「再加上兩位老人家獨自住在鄉下想必心裡很不安吧，我們做兒女的會感到很遺憾」等感傷的句子，我將當時實際浮上心頭的感想寫出來，不過寫完後的心情又跟寫的時候不一樣。

我在火車裡想著這種矛盾，想著想著突然覺得自己是心情起伏不定的輕浮的人，讓我感到很不暢快，我又想起老師夫婦的事，特別是兩三天前他們招待我吃晚飯後的對話。

「哪一方會先死呢？」

我把那晚老師和師母間出現的疑問在嘴裡唸了一下，然後認為沒有人能有自信地回答這個問題，可是假設能先清楚知道哪一方會先死的話，老師打算怎麼做？師母又如何呢？

我想老師和師母除了保持現在的態度之外，應該也沒有別的辦法吧？（就像把接近死期的父親留在故鄉，什麼事都無法做的我。）我體悟到人類的生命是無常的，體悟到人類生來就是輕薄無力的無常感。

中篇——雙親與我

父親有時候會突然睜開眼睛問某某人在做什麼，而那某某人僅限剛才還坐在那裡的人。父親的意識看來像是由明暗處交織著，清醒的明處像一條條白線，將昏迷的黑暗隔著某段距離斷斷續續縫補起來。

一、

回家後令我出乎意料的是父親的精神看起來和上次見面時沒差很多。

「啊，你回來了啊，而且還畢業了真是太好了，你等一下，我去洗把臉。」

父親剛才在庭院幹活，說著就往有水井的後院走去了，他那條綁在舊草帽後面的遮陽髒手帕隨風飄啊飄的。

我覺得只要是一般人都理所當然能從學校畢業，因此在其喜悅超乎我意料之外的父親面前覺得慚愧。

「畢業了真的太好了。」

父親這句話說了好幾次，我在心裡把此時父親的喜悅和畢業典禮當晚在老師家餐桌上說出「恭喜」時的老師的表情做比較，我覺得和沒那麼厲害卻認為那很珍貴而喜悅的父親比起來，嘴上說著恭喜心底卻貶低人的老師還比較高尚，最後我對父親那種由無知洩漏出的鄉土氣感到不愉快。

「只是大學畢業而已沒那麼厲害，每年都有幾百個人畢業。」

我終究說了這句，於是父親變了臉。

「我也不是只說畢業很好，當然畢業是很好，可是我想表達的是更有意義的事，如果你能了解我說的……」

我問了父親沒說完的內容，他本來好像不大想說的樣子，最後還是說了：

「也就是說對我而言是很好，我就像你知道的生著病，去年冬天看到你時，認為說不定只剩三、四個月的壽命，之後很幸運地今天還能這樣活動，能這樣起居自由地活動，在這樣的情況下你畢業了，所以我很高興，身為一個父親，能在健康時看到好不容易努力學習的兒子畢業，總比在自己死後才畢業高興多了，不是嗎？在有遠大志向的你看來，只不過是大學畢業，卻一直被說『太好了、太好了』，覺得很煩吧，可是你從我的角度來看，立場就不同了，也就是說這個畢業對我而言是比對你而言更有意義的，這樣你了解嗎？」

我一句話都說不出來，頭低低的，除了道歉，更多的是羞愧，父親看起來平靜地接受自己的死，而且看來似乎認為會在我畢業前就死了，完全沒考慮到這個畢業對父親的意義有多大的我真是個笨蛋。我從包包裡拿出畢業證書，很慎重地拿給父母親看，證書被某些東西壓過已失去原樣，父親小心地將之壓平。

「這種東西應該要捲起來用手拿著啊。」

「最好中間再放個芯啊。」母親從旁提醒。

父親望著證書一會兒後，站起來往壁龕[1]走去，把證書放在醒目的正前方，如果是平常的我一定會馬上出言制止，可是那時我和平常不同，對父母親完全沒有反抗之意，我不作聲地任由父親做。曾被壓過的雁皮紙質的證書，無法順父親之意保持平整，一放在適當的位置，它就順著原來的摺痕傾斜。

1 日式客廳內部有塊稍微高出的空間，通常在這裡掛畫或擺設花卉。

二、

我把母親叫到別處問她父親的病況。

「父親很有精神地到庭院做這做那的，那樣沒問題嗎？」

「看來已經沒問題了，大概好了吧。」

母親意外地平靜，這是住在遠離都市的鄉野女人的常態，她對這種事完全沒任何知識，即使如此，之前父親昏倒時，她是那樣地驚嚇、那樣地擔心，這在我心裡產生一股異樣感。

「可是醫生那時不是宣告說這很難好嗎？」

「所以說人類的身體是很不可思議的構造呢，那時醫生也束手無策的身體，現在就像這樣硬朗，我也是一剛開始很擔心，叫他不要太常走動，不過你爸就是那個脾氣，是有在養病，不過他就很頑固，只要是自己認為是好的事，就完全沒有要聽我的話的意思。」

我想起之前回來時，硬要母親把床鋪收走，並起身刮鬍子的父親的模樣和態度，又想到那時父親說：「已經沒問題了，你母親就是太過擔心，這樣不行。」就覺得不能淨責怪母親。「可是還是要稍微從旁提醒他一下。」我本來想這麼說，但終究覺得這麼說不太好就什麼都沒說出口。只針對父親的疾病特性，就我所知的告訴她，不過這部分都只不過是從老師和師母那裡聽來的，母親也沒特別露出有什麼感受的樣子，只問了：「喔，原來她是生同一種病啊，好可憐吶，那她是幾歲過世的呢？」這些問題。

我覺得再說也沒用，就不理母親而直接去跟父親說。對我說的內容，父親比母親更認真聽，然後說：「很有道理，就像你說的沒錯，不過我的身體畢竟是我自己的身體，關於自己身體的養生法，基於多年的經驗，我應是最能知道該怎麼照顧的。」聽到這句話的母親苦笑著說：「你看吧。」

「不過，這表示父親確實有自己在想，因為他對於能看到我畢業回來高興得不得了，也都是因為這樣，他本來以為在世時看不到我畢業，結果在身體硬朗時我帶了證書回來，他對此感到高興，父親自己這麼說的。」

「對你在嘴巴上當然這麼說，可是他內心是真的覺得自己已經完全好了。」

「是這樣嗎？」

「他覺得能再活個十幾二十年呢，雖然有時也會跟我說些他不安的事，比如說『照我現在這樣來看，應該是活不久了，我死後，妳要怎麼辦？要獨自守在這個家嗎？』這些話。」

我馬上想像父親不在了時，只剩母親一個人住在這個老舊空蕩蕩的鄉下屋裡的情景。

父親離開後，這個家還能這樣維持下去嗎？哥哥會怎麼做？母親會怎麼做？而考慮到這些事的我還可以離開這片土地，恣意在東京生活嗎？我在母親面前偶然想起老師的提醒——在父親還健在時，要拿到理應拿到的財產。

「好像那些自己說『會死會死』的人都沒那麼快死，所以我很放心，你父親也是，邊說著『會死會死』，接下來還不知道會活幾年呢，反而是那些沒把『死』掛在嘴邊的健康的人更危險呢。」

我只是靜靜聽母親說著這段沒邏輯沒統計數據的陳腐發言。

三、

父母親商量著要不要煮赤飯[1]找些客人來慶祝，我從回家的那天開始，就在心裡暗自害怕或許會有這種事發生，於是我馬上拒絕。

「別那麼鋪張。」

我討厭鄉下的客人，他們的最終目的就是大口吃吃喝喝，全都是些愛嚼舌根的人聚集著，我小時候跟他們同桌吃飯時，感到心很累，更不用說為了自己把他們找來，可想見我會有多麼痛苦，可是我在父母面前，也無法阻止他們找那些粗野的人來，因此只能提出別太鋪張的意見。

「你雖然一直喊著『鋪張鋪張』，可是一點也不鋪張啊，因為一輩子只有這麼一次啊，請客是一定要的，你不要那麼客氣。」

母親似乎把我大學畢業這件事，看成和娶媳婦一樣重要。

「不請他們也可以，可是不請的話，又不知道他們會說什麼。」

這是父親的說法，父親很在意他們在背後說的閒言閒語，實際上他們就是些在這種場合上如果沒如自己意的話，不知道會說些什麼的人。

「和東京不一樣，在鄉下人多嘴雜的。」

父親又補充說。

「也要顧一下你父親的面子啊。」母親又補充說明。

我也無法堅持我的主張，只好隨他們而去。

「總之，若是說為了我的話，不要這麼做，但若是說到討厭被人在背後說東說西的話，又是另一個問題，我也無法堅持對你們不利的事。」

「你這麼辯解，我們很傷腦筋。」

父親苦著一張臉。

「你父親的意思並非說是否專為你做的，不過你也了解世間人情世故吧？」

遇到這種情況，母親就會說出只有女人才會說的雜亂無章的話，不過以話語的數量來看的話，我和父親說不過她。

「人不能一念書就變得那麼愛強辯。」

1 紅豆混米煮成的飯，在值得慶賀的日子裡食用。

父親只說了這句話，可是我從這句話裡看出他平常就看我不順眼，我那時沒意識到自己說話的口氣很衝，只一個勁兒地在意著他看我不順眼這件事。

父親那個晚上又轉換心情，問我如果找客人來的話，我哪天比較方便，我那時都在這個老舊的家晃來晃去，也沒什麼方便或不方便的時間，對這樣的我問出這個問題，就表示父親有點讓步了，我在這麼平和的父親面前屈服了，和他討論並決定了請客的日子。

在請客日尚未來臨前，發生了一件大事，那就是報紙上報導著明治天皇生病的噩耗，這個事件經由報紙廣傳到全日本，將某個鄉下家庭裡經過一番曲折好不容易才訂好的我的畢業慶祝會，像顆灰塵般吹散了。

「嗯，看來低調些比較好。」

戴著眼鏡看了報紙的父親這麼說著，他似乎默默想起自己也生病的事，我不禁想起之前畢業典禮上，如同往年駕臨本大學的天皇陛下。

四、

在人口稀少的寂靜寬闊古民宅裡，我打開行李，拿出書籍開始翻閱，但不知為何我的心無法定下來，我想起在那繁忙的東京住處二樓，聽著遠方行走著的電車邊一頁一頁翻著書的情景，那樣還比較能振作精神專心念書。

我看了一會兒就趴在書桌上打起盹來，有時還特地拿出枕頭認真睡起午覺，醒來就聽到蟬聲，我突然覺得那從我醒來後就持續叫著的聲音在我耳裡攪動，很吵，我專心聆聽蟬聲，有時會升起一股悲傷之情。

我拿起筆寫內容短的明信片或內容長的信給朋友，那些朋友裡有人留在東京，有人回到遙遠的故鄉，有些人會回信，也有些人就沒音信了。我當然不會忘記老師，以回鄉後的自己為題，在稿紙上用小字寫了滿滿三頁，寄出去。我在封口時懷疑老師究竟是否還在東京，老師和師母一起出門都不在家時，會不知從哪裡請來一位五十歲左右、梳著切下髮型[1]的女人幫忙看家，以前我曾問過老師那位是何許人也，老師反問：「你覺得看起來像是誰？」我回說很像老師的親戚之類的，老師回答：「我沒有親戚。」老師完全沒和故鄉裡

1 封建時代未亡人的髮型，髮尾在頸部切齊的髮型。

那些親友聯絡，我感到疑惑的那位看家的女人和老師沒關係，是師母那邊的親戚。我在將給老師的信寄出時，突然想起那位將細腰帶隨意在後面打個結的女人，想著如果這封信是在老師夫婦到別處避暑後才寄到的話，那位阿姨會機靈且熱心地幫忙轉寄到老師們旅行的地方嗎？但這封信裡寫的不是那麼重要的事，這我非常了解，只不過我太寂寞了，而且也希望收到老師的回信，可是終究沒收到回信。

父親不像我上次回來時那麼想下將棋了，將棋盤積滿灰塵，放在壁龕角落，特別是天皇陛下生病後，父親常沉思，他每天都在等報紙送來，自己第一個看，然後特地把看過的報紙拿給我，說：

「喂，你看，今天也詳細寫著天子的事。」

父親總是稱陛下為「天子」。

「實在不敢當啊，天子的病看來和我很相像啊。」

這麼說著的父親一臉愁容，聽到他這麼說的我心裡又擔心起他不知道什麼時候又會昏倒。

「不過應該沒問題吧，像我這一介平民都還活得好好的。」

父親雖然一方面保證自己還很健康，不過好像也有預感自己可能也會有些狀況出現。

「父親真的很擔憂自己的病喔，並不是像妳說的那樣，認為還能活十幾二十年。」

母親聽到我這麼說，露出疑惑的神色，說：

「那你再邀他下將棋看看。」

我從壁龕拿出將棋，擦掉灰塵。

五、

父親的健康狀態漸漸衰退，因此之前讓我驚訝的那頂綁著手帕的舊草帽也自然地被擱置在一旁，每當我望著那掛放在燻黑架子上的帽子，就覺得父親很可憐，他之前那樣不時活動時，我就很擔心他的身體，覺得他安分一點會比較好，可是一旦他靜靜地坐著時，我又覺得還是之前那樣健康比較好，我常常和母親討論父親的健康狀況。

「是心理作用。」母親說。母親腦子裡把陛下的病和父親的病想在一起，但我覺得不能光這樣想。

「不是心理作用，父親身體真的沒問題嗎？我總覺得比起心情，健康方面比較有問題。」

我這麼說，內心計劃要再從遠方請厲害的醫師來，請他再幫忙診斷。

「今年的夏天你也過得很不是滋味吧，好不容易畢業了，卻不能替你慶祝，你父親身體又那個樣，再加上天子也生病，早知道當初在你剛回來時，就馬上請客還比較好。」

我是七月五號還是六號回家的，而父母說出要請客慶祝是在那一個星期後，而終於定下來的請客日又是在那一週後，回到沒有時間束縛的鄉下悠閒度日的我，可說多虧天皇生病，才把我從不喜歡的社交解救出來，可是無法理解我的母親一點也沒發現這點。

當報導登出天皇駕崩的消息時，父親拿著報紙唸著「啊、唉」。

「啊、唉，天子也終究駕崩了，我也……」

父親沒有繼續說下去。

我上街買了黑薄布，用那包住旗竿頭，並在旗竿頂端綁上三吋寬的黑薄布，往馬路方向斜斜地插在門扉旁，旗子和薄布在沒風的空氣中無力地下垂著。我家陳舊的門的屋頂上鋪著稻草，歷經風吹雨打導致稻草變色了，夾雜著淺灰色，且處處看得到坑坑凹凹的。我獨自走出門外，眺望著黑色飄布，也眺望著那面以白色平紋細紗布為底、印染出紅太陽的國旗，也眺望著那些倒映在髒屋頂的稻草上的模樣，我想起老師以前問過我：「你家房子構造是什麼樣式的？和我家鄉的大不同嗎？」我想給老師看看我出生成長的古民厝，又覺得給老師看會很丟臉。

我又獨自進到屋裡，來到自己的書桌旁，邊看報紙邊想像著遙遠東京的情景，我的想像裡匯集了在日本第一的大都市裡，大家在晦暗的氣氛下活動的片斷畫面，並在那個因不安而躁動著、喧囂著的黑暗都市裡，看到彷如一盞燈火的老師家。我那時沒注意到那盞燈火將自然地被捲入無聲的漩渦裡，而且根本沒想到不久後，那盞燈即將突然在我眼前消失。

我想針對天皇駕崩這件事寫封信給老師而提起筆，可是寫了十行左右就停筆了，且把寫好的部分撕成碎屑丟進垃圾桶（因為覺得寫這種事給老師也沒什麼用，而且以前例來看，老師應該是不會回信的），我覺得好寂寞，所以才會想寫信，並且希望能收到回信。

六、

八月中旬時，我接到某個朋友的信，裡面寫著某個外縣市有個中學教師的缺，問我要不要去，這個朋友因為有經濟壓力，所以之前就開始到處找這樣的機會，而這個工作本來也是他打算要去的，不過之後又有其他更好的地方可去，他就想可以把這個多出來的機會讓給我，於是特地寫信來通知，我馬上回信拒絕了，跟他說在認識的人當中，有人花很多心力在找教師的缺，把機會讓給那些人會比較好。

我把信寄出去後，跟父母說這件事，他們看來並不反對我拒絕掉這個工作。

「即使不去那裡，應該還會有其他好缺吧。」

我在他們對我說這句話的背後，讀到他們對我抱持過高的期望，無知的父母似乎對大學剛畢業的我有過高的期待，他們以為我能找到更好的工作和收入。

「說什麼很好的工作，最近沒那麼簡單就有那麼好的工作了，特別是我和哥哥念的科系不一樣，時代也不同了，如果你們把我拿來跟哥哥比，我覺得有點傷腦筋。」

「可是你都畢業了，至少也要能獨立生活，不然我們也很傷腦筋，如果被人問到你們家的次子大學畢業後在做些什麼時，我們答不上來的話，也覺得臉上無光。」

父親苦著臉說。他的想法是鄉下人的想法，鄰里的某些人會問他「大學畢業的月薪是多少？」、「應該有一百塊錢吧？」，為了不在這些人面前沒面子，想叫剛畢業的我趕快找份好工作，而打算以遼闊都市為立基的我，在父母看來，就宛如不腳踏實地的異類，而我自己也有時產生了此種心情，我想明確表明自己的想法，但父母的想法和我真的天差地別，我在他們面前只能保持沉默了。

「你怎麼不去拜託那位你常『老師老師』地叫的人，就是這種時候能派得上用場啊。」

母親只會從這個角度定義老師。那位老師是勸我在回鄉後要趁父親還健在時，趕快拿到財產的人，並不是能在我畢業後替我斡旋工作的人。

「那位老師在做什麼？」父親問。

「他沒在工作。」我回答。

我早就跟父親和母親說過老師沒在工作了，而且父親應該記得這件事才是。

「沒在工作又是什麼情形？你那麼尊敬的人應該是有做些什麼吧？」

父親這麼說用來諷刺我，在他的想法裡，有用的人都會在社會上謀個不錯的職位努力工作，其結論是只有流氓才會遊手好閒。

「就連我這樣的人，雖然沒月薪可拿，不過我可沒遊手好閒。」

父親又這麼說，即便如此，我還是沉默不語。

「如果他是你說的那麼偉大的人的話，一定能幫忙找到個什麼工作吧，你要不要請他幫忙？」母親問。

「不。」我回答。

「那不就沒什麼辦法了嗎？你為什麼不請他幫忙呢？寫封信給他也好啊。」

「嗯。」

我隨口應了一聲就離開了。

七、

很明顯地，父親擔心著自己的病況，可是他的個性讓他不會在每次醫生來時，就問一大堆問題來煩醫生，醫生也因顧慮著什麼而有所保留地沒特別說什麼。

父親似乎想著自己死後的事情，至少看起來是在想像自己離開人世後，我們家會變怎樣。

「讓孩子念書，有好有壞啊，好不容易畢業了，孩子卻絕不回家來，這樣不就像是為了輕易將親子分隔兩地才讓他念書的嗎？」

因為出去念書，哥哥至今待在他鄉，而因受教育的關係，我堅決打算繼續住在東京，因此父親說出的這些抱怨完全合情合理，他描繪出在長年住慣了的鄉下老宅裡，只剩下母親一個人的淒涼景象，想必倍感空虛。

父親是個不輕易搬家的人，也相信住在裡面的母親在她有生之年不會搬家，自己死後，把那個孤獨的母親一個人留在空蕩蕩的屋裡，甚感不安，儘管如此，卻強迫我要在東京謀求個好職位，這樣的父親顯得有點矛盾，我在感到這股矛盾的同時，也為還可以到東京感到高興。

我在父母面前不得不裝出我盡全力找工作的樣子，我寫信給老師，詳細描述我家的事，並說只要有我能勝任的工作，我都願意做，請他幫忙斡旋。我抱著老師不會理我的心情寫下這封信，而且即使他願意理我，沒認識什麼人的老師也無法為我做什麼，可是我在寫時，認定他一定會回這封信。

我在封緘寄出前，去跟母親說：

「我寫信給老師了喔，按照妳說的做了，妳看一下吧。」

如同我預想的，她並沒有看。

「這樣啊，那趕快寄出去吧，這種事不用其他人提醒，自己也早該這麼做了吧。」

母親還把我當作小孩子，我也覺得自己很像小孩子。

「但是只寫信的話顯示不出誠意，反正我也要等九月去東京才能開始工作。」

「或許是那樣沒錯，不過說不定在那之前就有什麼好機會了，早點拜託他是再好不過的了。」

「嗯，總之他一定會回信的，那時候再來商量。」

關於這件事，我相信謹慎的老師一定會回信，並等著他的回信。可是我的期待終究落空了，一個星期過後還是沒收到老師的回信。

「大概是到哪裡去避暑了吧。」

我不得不跟母親說這種很像藉口的理由，而且不只是給母親的藉口，也是說服我自己的藉口，如果我不勉強假設些狀況來替老師的態度辯解，就覺得不安。

我有時會忘記父親的疾病，想著乾脆早點到東京去，連父親自己都常忘記自己的病。雖然擔心著將來的事，卻也沒替將來做些什麼準備，我終究沒找到機會跟父親談老師要我注意的財產相關的事情。

八、

九月初，我終於準備要出發去東京，我拜託父親暫時還是像以前一樣寄些錢給我。

「因為繼續待在這裡，無法找到你說的好工作。」

我說得一副我是為了要找到父親期待的好工作才到東京去似的。

「當然只需要提供到我找到工作為止就好了。」我也這麼說。

我心裡知道那樣的工作是不會落到我頭上的，不過不清楚實情的父親相信一定會有好工作出現的。

「因為是短期的資助，我就設法湊錢出來給你，不過期間不能太長喔，要趕快找到好工作自己獨立了，本來既然畢業了，從畢業隔天開始就不能再接受父母的援助了，看來現在的年輕人只想著要怎麼花錢，完全沒想到要怎麼賺錢啊。」

父親除此之外又發了一頓牢騷，其中也說了：「以前都是父母可以靠孩子養，現在是父母要養孩子。」我只是閉嘴聽著。

當我覺得他牢騷應該發完了時，就默默地打算離席，父親問我什麼時候出發，我說越早越好。

「讓你母親幫你看日子。」

「好，我會的。」

那時的我在父親面前異常地乖巧，我儘量不惹父親不高興，才能逃出鄉下。我父親又想要挽留我。

「你去東京後，家裡又會變冷清了，因為就只剩下我和你母親了，而我如果身體健康也就算了，可是現在這個樣子看來，說不準什麼時候會發生什麼事啊。」

我儘可能地安慰父親後，回到自己的書桌前，我坐在散落一地的書堆裡，不斷回想思考著父親擔心害怕的態度和話語，此時我又聽到蟬叫聲，那個聲音和之前聽到的不一樣，是寒蟬的叫聲，我自夏天回鄉後，靜坐著聽像是被煮沸的蟬聲時，常莫名地感到悲傷，我的哀愁總是隨著這些蟲的激烈叫聲滲入心底，每到此時我總是安靜地獨自審視著自我。

我的哀愁自這個夏天回鄉後逐漸轉換情調，如同油蟬聲轉換成寒蟬聲般，我周圍的人的命運在大輪迴裡，緩緩地轉動了起來。我不斷回想父親寂寞的態度和話語，又想起即使收到我的信也不回信的老師，老師和父親給我的印象是完全相反的，這點讓我在做比較或聯想時，很容易就一起出現在我的腦中。

關於父親的事我幾乎瞭若指掌，如果父親離世了，在感情上只有親子的依戀，而關於老師，我還有很多不懂的事，也還沒機會聽他說他答應我要說的過去經歷，總之老師對我而言是昏暗不明的，我無論如何一定要跨越這層，往明亮的地方前進，不然無法接受。和老師斷了關係對我而言是極大的痛苦，我請母親幫我看日子，決定了出發去東京的日期。

九、

就在我差不多要出發時（記得是在其兩天前的傍晚），父親又突然跌倒了，我那時正在把書和衣服裝到行李袋裡，而我父親正在洗澡，要進去幫父親刷背的母親高聲叫我，我看到被母親從後面架著的赤裸身體的父親。不過回到房間時，父親說他沒事了，為了以防萬一，我坐在枕邊用濕毛巾冰敷父親的額頭，到了九點才好不容易簡單吃了晚飯。

隔天父親恢復得比預料中好，他不顧我們制止，自己邁步走去上廁所。

「我已經沒事了。」

父親又反覆說起他去年昏倒時常對我說的話，那時真的如他所說的沒什麼問題，我覺得這次說不定也能這樣，可是醫生只是一再提醒要特別留意，卻不清楚告訴我們實際狀況，我很擔心，所以到了預定要出發的那天，也沒什麼心情出發去東京。

「再觀察一陣子後我再出發吧？」我跟母親商量。

「希望你能先留下來。」母親拜託我。

母親之前看到父親到庭院工作或到後院做事的健康樣子時那麼冷靜，但是現在出了這樣的事，她又過度擔心、操心。

「你今天不是應該要去東京嗎？」父親問我。

「嗯，再延幾天。」我回答。

「是我害的嗎？」父親反問。

我有點猶豫，如果說「是」的話，就等於證明了他的病很重，我不想讓他想太多，可是父親彷彿看穿了我的心思。

「真對不起你啊。」他說著，望向庭院的方向。

我走進自己的房間，望著丟在那裡的行李，為了隨時能拿了就走，行李整理得好好地放在那裡，我茫然地站在那前面，想著是不是要把它打開。

我坐立不安心神不寧地過了三四天，父親又昏倒了，醫生命令一定要好好躺在床上。

「會變成怎麼樣啊？」母親用父親聽不到的聲音小聲地跟我說。母親的神色顯示出內心非常不安，我準備打電報給哥哥和妹妹，不過躺著的父親看不出任何痛苦，看他說話的樣子，也覺得就只像是感冒而已，而且食慾比之前還好，旁人叫他不要吃那麼多，他也不輕易聽進去，只說：

「反正都要死了，一定要在那之前吃些好吃的東西。」

他那句「好吃的東西」在我聽來既覺好笑又心酸，父親沒住在能吃到好吃東西的都市，入夜後他請人幫他烤乾年糕片，喀吱喀吱地吃著。

「為什麼會那麼飢渴？果然他心裡還是認為自己是健康的吧。」

母親將應該擔心的行為解讀為一絲希望，但卻把以前只在生病時使用的「飢渴」這個詞，拿來用在什麼都吃的行為上。

伯父來探病，父親一直挽留他，不讓他回家。

父親跟他說最主要的理由是因為他自己感到寂寞，所以請他再留久一點，不過還有另一個理由就是父親想跟他抱怨說母親和我都不讓他盡情吃東西。

十、

父親這樣的病況維持了一個星期以上，我在這段期間內寫了一封長信給在九州的哥哥，妹妹那裡則是由母親寄出，我內心暗自想著這說不定是寄給他們的最後一封寫著關於父親健康狀態的信，因此跟他們說如果到時候快臨終時，就會發電報叫他們回來。

哥哥的工作很忙，妹妹現在懷孕，因此只要父親的狀況還沒到千鈞一髮，是無法隨意把他們叫回來的，雖然這樣，可是如果他們好不容易回來，卻又見不到父親最後一面也很心酸，關於發電報的時機，我背負了不為人知的責任。

「我也無法百分之百確定什麼時候是危險時刻，可是危險什麼時候來臨不知道，這希望你們要有心理準備。」

從有車站的大都市請來的醫師跟我這麼說，我和母親商量，請醫師介紹一個都市醫院的護士來照顧父親，他看到來枕邊打招呼的那位穿著白色衣服的護士，馬上變臉。

父親似乎有自覺罹患了不治之症，可是沒意識到直逼眼前的死亡。

「這次治好後，再去東京玩一次好了，人什麼時候死不知道啊，所以有想做的事，真的該趁活著時趕快做。」

母親不得已只好配合他說：「到時候帶我一起去吧。」

有時候父親卻又非常落寞。

「如果我死了，你要好好照顧你母親。」

我對「如果我死了」這句話有印象，在離開東京時，老師對師母反覆講了好幾次，是在我畢業的那天，我想起臉帶笑容的老師和嘴裡說著不吉利而把耳朵摀住的師母，那時的「如果我死了」只是單純的假設句，而現在我聽到的是不知道什麼時候會發生的事實，我無法學到師母那種面對老師時的態度，可是嘴上還是要說著搪塞父親的話。

「別說那些喪氣的話，你不是說痊癒後要去東京玩嗎？和母親一起去啊，下次去你會嚇一跳喔，因為改變很多，光是電車就增加了很多條線，電車通過，都市結構自然也改變了，還有做都更，東京幾乎可說沒有任何一刻是停滯不動的。」

我不得已講了些毫無關連的事，父親也聽得興味盎然。

因為家裡有病人，很自然地出入家裡的人增加了，住附近的親戚們每兩天就會有一個人輪流過來探病，其中那些平常住比較遠沒怎麼往來的人也出現了，「本來以為很嚴重，不過看這個樣子沒什麼問題，講話也很順暢，更重要的是臉完全沒有消瘦呀。」也有人回家前說了這樣的話。我剛回家時安靜至極的家，因為這件事漸漸地喧鬧起來。

在這當中不能活動的父親的病況只一個勁地惡化，我和母親與伯父商議後，終於發了電報給哥哥和妹妹，哥哥回覆說會馬上回來，妹夫也通知會起程，並告知妹妹因為之前流產過，這次為了不要再發生，打算讓她好好照顧身體，因此可能會由他代替妹妹出現。

十一、

在這樣喧囂不平靜的期間，我還有能靜下來做自己事情的餘裕，偶爾甚至有時間讓我打開書翻個十頁，之前打包好的行李，不知何時也解開了，我從中取出各種需要用的東西，我回顧離開東京時，在心裡訂下的暑期計畫，發現我完成的進度不到三分之一，我至今有過好幾次類似這種不愉快的經驗，可是很少有像這個夏天如此不順的，儘管說這是世間常情，可是我還是被這股煩悶的情緒壓抑著。

我在這不愉快的心緒裡一方面思慮著父親的病情，也想像了他離世後的一些事，而在這同時，我也一方面想起老師，我在不愉快的心情下，眺望著地位、受教育程度、個性全然不同的兩個人的身影。

在我離開父親枕邊，一個人雙手抱胸坐在散亂的書堆裡時，母親走進來說：

「稍微睡個午覺吧，你應該也累壞了吧？」

母親不了解我的心情，我也不是那種會期待她理解我的孩子，我簡單回應了她，她依然站在房門口。

「父親現在怎麼樣？」我問。

「現在睡得很熟。」母親回答。

母親突然進來在我身邊坐下，問我：

「老師那裡還沒有任何回音嗎？」

母親相信我那時說的話，那時我跟她保證老師一定會回信，可是那時我完全沒期待會有如父母期望的回覆，結果等於我故意欺騙母親。

「信再寄一次看看。」母親說。

這種起不了作用的信如果能讓母親安心的話，寫幾封我都不會覺得厭煩，但是用這種事去煩老師讓我覺得很痛苦，比起被父親罵、讓母親不開心，我更怕被老師看不起，我擅自推斷針對我的那個請託，到現在之所以都還沒收到回應，說不定就是因為已經被老師看不起了。

「寫信是沒什麼問題，但是這種事在信上講不清楚，再怎麼樣也是要自己去東京，當面去跟他拜託才行。」

「可是你父親現在這樣，你什麼時候才能去東京也不知道不是嗎？」

「所以我現在不會去，在還不確定父親的病會好還是有個治療方向之前，我打算就先這樣。」

「確實是這樣，現在有誰會放著病況不樂觀的病人，任性地去東京啊。」

我第一次在心裡可憐起什麼都不知道的母親，可是不懂她為什麼會刻意在這忙碌之際提出這個問題，我懷疑是不是如同我有心情不顧父親的病，靜靜坐著看書，母親也忘了眼前的病人，心裡有空間想起其他的事。此時，母親起了個頭說：「老實說啊……」

「老實說我覺得在你父親在世時，如果你能找到工作的話，他應該就會放心了。看這個樣子，或許真的來不及，不過即使如此，他講話還算清楚、意識也還算清楚，希望能在這陣子讓他高興，也算是種孝順。」

可憐的我陷入無法孝順的境遇，我終究沒再寫任何一行字給老師。

十二、

哥哥回來時，父親正躺著看報紙，父親平日的習慣就是什麼事都可以不做，只有報紙一定要看，自從臥床後因為也沒別的事可做，看報紙看得更勤了，我和母親也不刻意阻止，儘量讓病人做他想做的事。

「看你這麼有精神真是太好了，我以為狀況很差，回來一看，不是好得不得了嗎？」

哥哥這麼說著，和父親聊起天來，那過度熱絡的語調在我聽來反而覺得很不自然，不過在離開父親後，只和我聊時，哥哥就很沉重。

「不能讓他看什麼報紙吧？」

「我也這麼覺得，可是他堅持要看，沒辦法啊。」

哥哥不作聲地聽我辯解，最後吐出一句：「他真的看得懂嗎？」哥哥好像觀察到父親因為生病，理解力比平常降低很多。

「他意識很清楚呢，我剛才在他床邊跟他天南地北地聊了二十分鐘左右，他完全沒有錯亂，看那個樣子，或許還可以撐好一陣子吧。」

和哥哥前後腳到家的妹夫的意見比我們都要樂觀，父親向他問了很多妹妹的事，並說：

「身體真的要好好顧，不要勉強坐火車搖晃比較好，如果她拖著身體來探病，我們反而會擔心。」又說：「而且等我好了後，也會久違地去你們家看孫子，沒關係的。」

乃木將軍[1]辭世時，也是父親最先在報紙上看到的。

「不好了不好了。」他說。

毫不知情的我們都被他這突來的一語嚇到。

「那時我以為他終於頭腦壞掉了，捏了一把冷汗。」事後哥哥跟我說。「我也真的嚇了一大跳。」妹夫也附和了一下。

那時報紙上刊登的盡是些鄉下人每天期待看到的報導，我坐在父親床邊仔細閱讀那些報導，沒時間閱讀時，就悄悄拿回自己的房間，一字不漏地看完。之後很長的一段時間，我都忘不了穿著軍服的乃木將軍與穿著官女服裝的夫人。

當悲傷的氣氛瀰漫至鄉下各個角落，也撼動了草木，我突然接到一通老師發來的電報，在狗看到穿西裝的人都會吠的地方，一通電報是件不得了的事，接到電報的母親，露出非常驚訝的樣子刻意把我叫到沒人的地方。

「是什麼事？」母親問，她站在旁邊等著我開封。

電報裡簡單寫著「想見面，可以過來嗎」這樣意涵的內容，我疑惑地歪著頭。

「一定是你拜託他幫忙找工作的事。」母親這麼推斷。

我也認為或許是要說那件事吧，可是又覺得如果真是這樣的話又有點不自然，反正把哥哥和妹夫叫來的我不能不顧父親的病情，自己去東京，我和母親商量後，發了個電報說我沒辦法去，並儘可能簡略地敍述父親陷入病危狀態，不過我覺得這樣還是不夠，當天又寫了一封詳細的信寄出。深信那通電報是講工作的事的母親露出遺憾神色說：「真的是時機不對，也沒辦法啊。」

1乃木希典（1849年12月25日～1912年9月13日），為大日本帝國陸軍大將，1896至1898年任台灣日治時期第3任總督。與妻子兩人皆為明治天皇殉死。

十三、

我寫的信非常長，我和母親都認為這次老師一定會回信，就在我信寄出後的第二天，又來了通電報，上面只寫著「不來也沒關係」，我拿給母親看。

「大概還會寫封信來說明吧。」

母親再怎麼樣也想解釋成老師會為我介紹工作，我也覺得或許有那種可能，可是也覺得以我對老師的了解來看，還是不自然，「老師幫忙找工作」，我認為這是不可能的事。

「總之我的信應該還沒寄到老師家，這通電報想必是在那之前發出來的吧。」

我對母親乾脆地說了這句，母親又很認真地想了後說：「是啊。」雖然我知道把這行為解釋成老師在還沒收到我的信之前就發了這通電報是沒有任何意義的事。

那天剛好是主治醫生要從都市帶院長來診療的日子，母親和我都沒機會再談這件事，兩位醫生會診後，又幫病人灌腸後就回去了。

父親自從被醫生命令要臥床後，連大小便都是在床上假他人之手完成的，有潔癖的父親一剛開始非常厭惡，可是因為身體無法自由活動，逼不得已只好在床上完成，之後不知道是不是因為病情加重讓頭腦漸漸遲鈍，隨著日子一天天過去，變得無法控制大小便，有時會弄髒棉被和墊被，旁人不悅蹙眉，本人卻反而不在意，因為疾病而讓尿量變得極少，醫生覺得這不是好現象，而父親食慾也漸漸變小，偶爾想吃點什麼，也只是嘴巴想吃，可是能通過咽喉的只有極少量，連拿喜歡的報紙的力氣都沒有，放在枕頭旁邊的老花眼鏡也一直收在黑色眼鏡袋裡。父親自小的好朋友作先生從一里外的住處前來探病時，父親用混濁的眼睛望向他說：「啊，是阿作啊。」

「謝謝你來看我，我好羨慕你還很健康，我已經不行了。」

「沒那回事，像你，有兩個孩子都大學畢業，只生了一點病，沒什麼好遺憾的，哪像我，老伴兒死了，我又沒小孩，只是白活著而已，雖說健康可是也沒什麼樂趣啊。」

灌腸是在作先生來之後的兩三天進行的，父親很高興地說因為醫生的治療讓他舒服多了，他像是對自己的生命有了勇氣，心情變好了，在旁的母親不知道是不是被他的好心情感染到，還是為了要給他力量，跟他說老師發來電報，且將此解讀為我能夠如父親所願在東京找到工作，在旁聽著的我心情複雜，但又不能阻止母親這麼說，只能默默聽著，病人露出喜悅之色。

「那真是太好了。」妹夫也說。

「還不知道是什麼工作嗎？」哥哥問。

事到如今我失去了否定的勇氣，隨口應付了句含糊不清的話，藉故離席了。

十四、

父親的病況惡化到僅剩一口氣的地步，看起來似乎暫時維持這樣，家人每天在「今天還是明天會被宣告那一刻」的心情下就寢。

父親在旁人看來似乎不怎麼痛苦，這點對照顧的人來說比較輕鬆，為了以防萬一，全家人輪流醒著陪在他身邊看他的狀況，沒輪到的人回到各自的房間休息沒關係。有天晚上我不知為何睡不著時，隱約聽到病人發出的呻吟聲，遂在半夜離開床鋪到父親床邊看看他的狀況，那天晚上是輪到母親當值，可是母親在父親旁邊枕著手臂睡著了，父親也睡得很沉很安靜，我就躡手躡腳地回到自己的被窩。

我和哥哥睡在同一個蚊帳裡，只有妹夫受到客人等級的款待，自己睡在另一間房間。

「關先生也很可憐，被我們留了好幾天不能回去。」

「關」是妹夫的姓氏。

「不過他也不是那麼忙，才能住這麼多天吧，倒是哥哥你比較困擾吧，拖這麼久。」

「困擾也沒辦法啊，這和其他事不一樣。」

和哥哥併床睡的我和他聊了這些，在哥哥腦中和我心裡都認為父親是沒救了，也想著

「反正都沒救了，不如……」，我們這些孩子像是在等父親死掉，可是我們身為他的孩子，不能將之說出來，就這樣心照不宣。

「父親似乎認為他還能痊癒。」哥哥對我說。

實際上就像哥哥所說的那樣，只要鄰居來探病，父親都不聽我們勸，說一定要見他們，然後一見到他們就一定會跟他們說沒能找他們幫我慶祝畢業很可惜，而且有時候會再加句在他病好後一定會辦慶祝會。

「你的畢業慶祝會停辦太好了，我那時候太弱了。」哥哥的話喚起了我的記憶，我想起那時被勸酒的紛亂景象，苦笑了出來，雖不願意，眼前也浮現出那時父親到處勸酒勸客人吃東西的身影。

我們兄弟倆的感情並不是那麼好，小時候常吵架，年紀小的我總是被他弄哭，還有也因為我們的個性不同，我們上學後的專攻也不一樣，念大學時的我，特別是和老師頻繁接觸了的我從遠處眺望哥哥，總覺得他很像動物，因為我很久沒和哥哥碰面，又住得很遠，以時間或距離來看，哥哥總是離我不近，即使如此，許久不見後這樣相處下來，兄弟都自然湧現出體貼之情，而且還有個很大的原因是這個時機，在兩人共同的父親垂死的床邊，哥哥和我可謂重現兄弟之情。

「你接下來有何打算？」哥哥問，我卻問了他一個牛頭不對馬嘴的問題：

「我們家的財產要如何處理？」

「我不知道，因為父親什麼都還不說，可是雖說是財產，換算成錢應該沒多少吧。」

母親還是堅持她的想法，煩惱老師怎麼還沒寄信來。

「信還沒寄來嗎？」她催促我。

十五、

「『老師、老師』的，到底是在說誰？」哥哥問。

「我之前不是跟你說過了嗎？」我回答。我對這個只顧著自己問問題卻忘記別人的回答內容的哥哥很不滿。

「是有聽過啦。」

畢竟哥哥可能聽了也不懂，在我看來，是也沒必要硬要他理解老師，可是還是覺得很生氣，心想他的毛病又出現了。

哥哥的想法是既然是我尊敬地喊著「老師、老師」的人，想必是位知名人士，推測至少應是大學教授之類的，沒名氣又沒工作的人，這種人怎麼能說有什麼價值，哥哥的這點認知和父親完全一個樣，可是相較於父親馬上判斷老師是什麼事都不會做所以只好無所事事，哥哥說這事的口吻則洩露出他覺得只有那些不上進的人才會明明有工作的能力卻遊手好閒。

「不能那麼利己主義啊，想要在活著時什麼事都不做，是偷懶的想法啊，人不儘量發揮自己的才能就浪費了。」

我很想反問哥哥他是否真的了解自己口中的「利己主義」這個詞的意思。

「儘管如此，如果真的能靠他幫你找到工作，也是件好事，父親看來也很高興不是嗎？」

哥哥又補上這句話，可是只要老師沒寄封信來說明清楚之前，我無法相信這件事，而且也沒勇氣說出來，如今母親操之過急地宣揚這個消息，我也無法突然否定這個說法，接下來不用母親催促，我也眼巴巴地等著老師的回信，而且祈禱在那封信裡有寫著大家期待的能讓我餬口的事。我在瀕死的父親面前、在想讓父親放心一點的母親面前、在認為不工作就不是人的哥哥面前，還有其他如妹夫、伯伯、嬸嬸等人的面前，不得不為我那一點都不在意的事傷腦筋。

當父親吐出奇怪的黃色嘔吐物時，我想起之前老師和師母告訴過我的危險性。「那樣長期躺在床上，胃也搞壞了吧。」聽到毫不知情的母親這麼說，我眼眶泛淚了。

哥哥和我在飯廳碰到時，他問：「你聽到了嗎？」那意思是我有沒有聽到醫生在離開時對哥哥說的事，即便我不等他說明，也知道其意思。

「你不想回到這裡打理家裡的事嗎？」哥哥向我打探，我什麼都沒回答。

「母親一個人的話，什麼事都拿不定主意吧？」哥哥又說。哥哥認為我就算與泥土氣味相伴老去也不足惜。

「如果只是想看書的話，在鄉下也很能看啊，而且也不需要工作，剛好啊。」

「哥哥你回來才是符合常理的吧。」我說。

「我怎麼可能那麼做！」哥哥一口駁回。在他心裡，充滿了接下來要好好在社會上工作的志氣。

「如果你不想的話，嗯，也可以拜託伯父，可是母親還是要跟我們其中一個人住。」

「母親要不要離開這裡還是個很大的問題呢。」

兄弟倆在父親還沒死之前，就這樣討論起他死後的事情。

十六、

父親有時會發出囈語。

「對不起乃木將軍，真的沒臉相見，不，我也馬上就跟上。」

他有時會說出這些話，母親覺得心裡發毛，儘可能把大家都叫到床邊，而意識清楚時常覺得寂寞的病人，也看似希望大家在旁，特別是當他環顧整個房間後看不到母親的身影時，一定會問：「阿光呢？」即使沒開口問，眼神也透露了那句話，我常起身去叫母親過來，當母親放下她手邊的事來到病房問：「有什麼事嗎？」父親只是定定地看著母親的臉，什麼都沒說，當大家覺得他大概沒想說什麼時，他又說了完全不相干的事，也有時突然說出「阿光，謝謝妳多年來的照顧啊」這種溫柔話語，母親聽到這些話一定會眼泛淚光，然後好似又會想起以前健康的父親來做對照。

「他竟然說出那麼可憐的話，他以前也很過分啊。」

母親說起當年她被父親用掃把打她背部的事，這件事我和哥哥至今不知聽過多少次，可是這次我們聽時和以往的心情不同，把母親這段話當作紀念父親聽進心裡。

父親望著自己眼前稍稍映出的死狀，卻還沒要說出遺言之類的話。

「有沒有什麼需要趁現在問的啊？」哥哥看著我說。

「是啊。」我回答。我不知道由我們主動提出那件事對病人來講是好還是壞，我們兩個人無法決定，就找伯伯商量，他也拿不定主意：

「如果他有想講的事卻沒講就死了也是徒留遺憾，可是我們催促他講可能也不好。」

這件事就這樣不了了之，不一會兒父親又陷入昏迷，如同往常搞不清楚狀況的母親以為那只是單純的睡覺，很高興地說：「如果他都能睡得那麼舒服，旁邊照顧的人也很輕鬆。」

父親有時候會突然睜開眼睛問某某人在做什麼，而那某某人僅限剛才還坐在那裡的人。父親的意識看來像是由明暗處交織著，清醒的明處像一條條白線，將昏迷的黑暗隔著某段距離斷斷續續縫補起來，所以母親把昏迷狀態誤認為是普通的睡眠也是情有可原的。

沒多久，父親開始口齒不清，即使說了什麼，語尾都很不清楚，所以我們大多時候都聽不懂，但他一開始說話時，卻又不像病危的人般發出極大的聲音，我們則是一定要比平常更費力地把嘴巴靠到他耳邊講才行。

「冰敷額頭舒服嗎？」

「嗯。」

我和護士一起替父親換冰枕，然後把裝了新的冰塊的保冰袋放在額頭上，在將保冰袋裡的冰塊調整到用起來舒服的位置前，我輕輕把它放在父親禿光的側額試試溫度，此時哥哥沿著走廊走了過來，默默地把一封信交給我，我伸出空著的左手一接過那封信，馬上就覺得不對勁。

那封信看起來比一般的信重很多，也不是放入平常用的那種信封裡，而且也不是放得進平常用的那種信封裡的份量，那封信用日本白紙包著，封口用漿糊仔細黏起來，我從哥哥手中接過那封信時，馬上注意到那是封掛號信，翻到背面一看，那裡有用工整字跡寫著的老師的名字，放不掉手邊工作的我，無法馬上開封，只好先將之放入懷裡。

十七、

那天病人的狀況看起來特別不好，在我起身想去上廁所時，在走廊上撞見哥哥，他用像是哨兵的口吻問：「要去哪？」

「看起來狀況有點不妙，一定要儘可能待在他旁邊。」他提醒。

我也這麼覺得，懷中的信還是沒打開就回到病房。父親張開眼，問母親在一旁的那些人是誰，母親也一一說明這個人是誰、那個人是誰，每說一個人，父親都會點頭，他沒點頭時，母親就會提高聲量說：「是〇〇先生，知道了嗎？」

「謝謝你們照顧了。」

父親這麼說，然後又陷入昏迷狀態，圍在床邊的人都不說話地望著病人的樣子，直到其中一個人走出房外，然後又有一個人站起來，我也終究成為那第三個離席的人，來到自己的房間，我有個目的就是要打開剛才放入懷中的信，這在病人旁邊也很容易就能做的動作，可是因為份量真的太多了，無法一口氣讀完，我偷了一點時間來讀它。

我撕開纖維很密的包裝紙，從中拿出像是原稿的東西，字跡工整地寫在縱橫格子線裡，然後為了方便放入信封裡而摺成四分之一大小，我把摺痕很深的稿子反摺壓平，這樣比較好閱讀。

用這麼多張紙和墨水到底要對我敍述什麼事？我想著心頭一震，同時也掛心病房裡的狀況，我有預感在這封信未讀完前，父親一定會有某些狀況發生，至少我一定會被哥哥或母親、要不然就是被伯伯叫去，我無法靜下心來讀老師寫的信，慌慌張張地看了第一頁，那頁寫的內容如下：

「你之前問我以前的事時，我沒有勇氣回答，現在我相信我已獲得某種解脫，能在你面前明確說明了，可是這解脫只不過是種社會風氣上的解脫罷了，在等待你回東京的這段期間內又會消失，因此如果沒好好利用這段期間，我將永遠失去機會，這樣我就無法告訴你我的過去，使之間接成為你的經驗，如此一來，那時我信誓旦旦地和你約好的事將變成個謊言，不得已我只好把原本應該親口告訴你的事用筆寫下來傳達給你。」

我閱讀至此才終於知道老師為什麼會寫這封長信，而我一開始就堅信老師不會為了幫我找工作而寫信給我，可是那麼討厭提筆的老師，為什麼願意只為了告訴我那些事而寫這麼長的信呢？他為什麼無法等到我回東京呢？

「當解脫來臨時會說，可是那解脫勢必又會永遠消失。」

我在心裡重複著這句話，卻苦於不了解其意思，突然心裡升起一股不安，我打算繼續讀下去，此時病房傳來哥哥大聲呼叫我的聲音，我驚慌地站起來，快速穿越走廊奔往大家

十八、

醫生不知何時來到了病房，試著想讓病人舒服一點，遂又試著灌腸，護士因為要消除昨夜的疲勞，在另一個房間睡覺，不習慣照顧病人的哥哥手忙腳亂地幫忙，一看到我就說：「幫忙一下。」自己就坐了下來，我代替哥哥把油紙放到父親的屁股底下。

父親的樣子稍微舒暢了些，在床邊坐了三十分鐘的醫生確認了灌腸的結果沒問題後，說「我會再來」後就離開了，在走之前還特別補上一句說萬一有什麼狀況隨時跟他聯絡。

我從隨時都可能有狀況發生的病房退出，打算繼續看老師的來信，可是我再怎樣也無法靜下心來，我感覺只要一坐在桌前，馬上就又會被哥哥大聲叫去，而且這次再被叫去的話就是最後一刻了，這恐懼感讓我的手不斷顫抖。我只是無意識地翻著老師的信，我看著那些整齊寫在格子裡的字，可是我沒有心力去讀內容，連跳著看的心力都沒有，我順著翻到最後一頁，然後準備把信紙疊回原來的模樣放回桌上時，接近結尾的一句話映入我的眼簾。

「這封信寄到你手中時，我應該已經不在人世了吧，大概早就死了吧。」

我心頭一驚，感覺剛才紛亂煩雜的心緒突然凍結了一般，我又往回翻，然後大概一頁挑一句來倒著看回去，我想在瞬間知道我該知道的事，想迅速看透那些一閃一閃的文字，那時我想知道的只是老師是否還活著，至於老師的過去——老師承諾要告訴我的晦暗過去——那些事對我而言已經不重要了，我倒著把頁數翻回去，然後將這份無法迅速給我必要的知識的長信焦躁地疊回去。

我又到病房門口去看父親的狀況，病人床鋪邊異常地安靜，我伸手招來不太可靠且面露疲態的母親問：「狀況怎麼樣？」母親答：「現在還算穩定吧。」我把臉湊到父親面前，問：「怎麼樣？灌腸後有比較舒服一點嗎？」他點頭，並用清楚的聲音說：「謝謝。」父親的精神狀況意外地沒有神志不清。

我又退出病房回到自己的房間，看著時鐘邊查火車時刻表，我突然站起把腰帶重新繫好，把老師的信塞進袖子裡，然後從後門走出外面，我一心一意地往醫生家跑，我想向醫生清楚問出我父親還可以撐兩三天嗎？想請他幫父親打針或是做些什麼處置讓他再撐兩三天，很不巧地醫生不在，我沒時間等他回來，心也靜不下來，馬上叫車到車站。

我把紙放在車站的牆壁上，用鉛筆寫信給母親和哥哥，雖然內容寫得極為簡短，不過我想至少比沒寫好，並拜託車夫趕緊把信送到我家，然後就拼全力跳上往東京的火車，我在吵雜的三等車廂裡，又從袖子裡拿出老師的信，這次總算能從頭到尾好好看了。

下篇——老師與遺書

我前些日子才聽說渡邊華山為了畫那幅邯鄲的畫，晚一週才自殺。旁人看來或許這是沒必要做的事，不過也可說是對當事人而言，這是要完成他心中某種要求而非做不可的事。

一、

……我這個夏天接到兩三次你的來信，記得是第二封吧，寫著希望我能幫你在東京找個好工作，我看到那封信時有想要幫你找，至少想說一定要回你信，可是坦白說，我對你的請求，完全沒做什麼努力，如同你所知的，與其說是我的交際圈很小，更應該說是適合一個人生活在這世上的我，完全沒有心力去做這些努力，可是那也不是問題，老實說那時我正在煩惱我要怎麼面對處理自己，是要像個木乃伊般苟延殘喘留在人世上，還是……。那時每當我在心裡反覆唸著「還是」時都感到寒毛直豎，就像是個急速跑到懸崖邊突然窺探到深不見底的山谷的人一樣，我很懦弱，而且和多數懦弱的人一樣感到煩悶，我必須很遺憾地說那時在我眼裡，你幾乎完全不存在，這麼說一點都不誇張，說得更明白一點，你的工作、你的糊口之資財，那些事對我而言是完全無意義的，和我沒一丁點關係，我完全自顧不暇。我把你的信放進信插後，依然雙手抱胸深思了起來，家裡有一定程度財產的人為什麼才剛畢業就著急煩惱工作的事呢，我反而是帶著不怎麼痛快的心情瞥了一眼遠方的你。我覺得沒回你信感到抱歉，遂說了這些事來替自己辯解，我並不是為了讓你生氣才講這些沒禮貌的事，我相信你繼續看下去，就可以了解我的本意，總之我在需要回信的時候沒回，先針對這怠慢之罪向你道歉。

之後我發了電報給你，說真的，那時我有點想見到你，然後想如你所願地把我的過去都告訴你，結果你發了電報過來說你不能來東京，我很失望地凝望著那通電報許久，之後看來你也覺得只發電報不夠，馬上又寫了一封長信來，我也非常了解你無法來東京的緣由，我完全不認為你是個沒禮貌的男人，你怎麼可能不管重要的父親的病而離開家呢，而忘記你父親正在生死關頭的我的態度才真是不恰當。——老實說我在發那封電報時，忘了你父親的事，明明我在你還在東京時，就不斷提醒你說那是個很難治好的病，務必要非常注意，我真是個矛盾的人，或許該說我的腦髓本來不是這樣，而是我的過去逼迫了我，把我改變成一個矛盾的人也說不定，這點我完全承認這是我的本性，請你務必諒解。

當我讀了你的信——你寄來的最後一封信——時，我覺得做了對不起你的事，因此也抱著道歉的心情想提筆寫信，卻一行都沒寫完就停筆了，想說既然都要寫，就要寫這封信，而寫這封信的時機尚嫌早，就先停筆了，這是為什麼我之所以只是簡單發了個電報跟你說不來也沒關係。

二、

之後我開始寫這封信，平常不習慣拿筆的我，無法如心所願地寫出那個事件和我的思想，這讓我很痛苦，我差一點就將答應過你要盡的這個義務棄之不顧，可是即使打算停止而擱筆，也沒什麼用，我在不到一個小時內又想寫了，在你看來，可能覺得這只是重承諾的我的個性使然，這我不否認，我就如同你所知的，是個幾乎沒和世間的人交流的孤獨之人，所以其實環顧四周也沒有哪裡有稱得上我該盡義務的義務，無論是刻意的還是自然地，我儘可能過著單純的生活，不過這不是因為我對義務冷淡才變這樣，應該是說我太過敏感，沒有精力去承受刺激，才變成如你所見的過著消極的日子，因此只要一旦答應了，如果沒做到，會覺得過意不去，我為了避免面對你時有這種過意不去的心情，就不得不再度把擱著的筆提起。

再加上我也想寫，這和承諾無關，只是我想把我的過去寫下來，我的過去是我個人的經驗，所以可說是只屬於我的所有物，沒把這分享給別人就死掉的話，會被說很可惜吧，我也多少有這樣的心情，只不過與其是分享給無意接受的人，倒不如讓我的經驗隨著我的生命一起埋葬起來還比較好，而實際上如果沒有你出現的話，我的過去只不過是個人的過去，不會間接變成別人的知識，我在幾千萬個日本人裡，只想對你敘述我的過去，因為你很認真，因為你很認真想從人生當中得到活生生的教訓。

我將一股腦兒地把晦暗的人生朝你面前擲過去，不過你不要害怕，你要仔細凝視黑暗面，從中攫取對你有參考價值的部分，我所說的黑暗面，當然指的是倫理上的黑暗面，我是遵守倫理生活的男人，而且也是被教育成要遵守倫理的人，就倫理上的概念而言，或許有些和現在年輕人的想法大相逕庭的部分，不過再怎麼不同，也是我自身的經驗，並非為了湊篇幅而東拼西湊的內容，所以我認為對今後人生正要起飛的你有幾分參考價值。

記得你常拿一些現代的思想問題來找我討論，你也很清楚我對此顯露出的態度吧？我對你的意見雖然不到輕蔑，不過絕不到尊敬的程度，因為你的思考裡完全沒任何背景做佐證，且你又太過年輕，還不足以說有什麼過去經驗，我有時笑了出來，你不時會露出不滿足的神色，而其極端表現就是你逼我要在你面前將自己的過去像畫卷一樣攤開，我那時第一次尊敬你，因為你讓我看到你毫不客氣地想從我心裡揪出某種生命意義的決心，因為你想要剖開我的心臟吸吮溫暖流過的血潮，那時我還活著，還不想死，因此當場駁回你的要求，和你約了其他日子，而我現在自己劃破心臟，將自己的血淋在你臉上，如果於我心臟停止跳動時，在你心裡有新的生命注入的話，我就滿足了。

三、

我的父母過世時我還不到二十歲，我記得某天妻子跟你說過，他們是因同樣的病死的，而且如同妻子的話讓你起疑般，他們幾乎是同一時期先後死掉的，實際上父親罹患了駭人的傷寒，並傳染給在旁照顧的母親。

我是他們唯一的兒子，因為我家有不少財產，我過得算是很優渥，當我回顧過去時，會想著如果那時父母沒死或是至少留一個下來的話，我到現在還可以保持著那優渥的心態。

我在他們死後茫然地存活下來，我沒任何知識，也沒經驗，也沒辨別人心的能力，父親死時，母親已無法待在他身邊，母親死前還沒人通知她說父親已經死了，不知道她是否察覺到父親已死，還是相信旁人講的父親正邁向恢復期，母親只是將所有事都託付給叔叔，她指著當時在場的我說：「請照顧這個孩子。」我在那之前就得到父母的同意，要去東京，母親似乎也想順道提這件事，在只補上「去東京」時，叔叔就馬上接下去說：「好，這妳不用擔心。」母親看似個體質很能耐高溫的女人，叔叔看著我稱讚母親說：「她很堅強呢。」可是如今想起來，也不知道那些是不是母親的遺言，她當然知道父親罹患了多駭人的病，而且也知道自己被傳染了，可是若說到她有沒有心理準備自己會被這個病奪去生命，就又很有探究的餘地了，再加上那些話是母親在她發高燒時說出來的，即便那是多符合邏輯的事，也常有些完全沒在母親腦裡留下記憶，因此……。不過這些事都不成問題，我只是要說像這樣對事情抽絲剝繭，或是在一件事上打轉思考的這種習慣，自那時起我就具備了，我認為這也要先跟你講清楚，雖然這個實例跟當前的問題沒太大的關連，不過拿這件事當例子，或許也有些幫助吧，你在看時也先有這樣的認知吧，我想或許是這樣的性格在倫理上影響了個人的行為與行動，導致我後來越來越懷疑其他人的道德心吧，也請你記住正是這種性格強力加深了我的煩悶和苦惱。

一離題就會抓不到重點，所以回到正題吧，別看我這樣，我自認為在寫這封長信時，和其他與我同樣立場的人比起來，稍微冷靜一點。世間進入睡眠狀態時才聽得到的那電車聲響已止息了，防雨窗外不知何時傳出了細微的哀憐蟲鳴聲，讓人又不經意地想起無常的秋天，毫不知情的妻子在隔壁天真無邪地熟睡著，我提筆一筆一劃地寫著，筆尖傳來我振筆疾書的聲音，我算是用冷靜的心情在紙張上書寫，因為不習慣提筆寫字，所以有些筆劃超出格子，這絕不是因為我因心煩意亂才造成筆劃紊亂。

四、

總之孤單被留下來的我，除了按照母親所叮囑的依靠那位叔叔之外，別無他法，而叔叔也接下一切責任，無微不至地照顧我，而且也盡力按照我的希望讓我能到東京來。

我到東京後進入高中就讀，那時的高中生比現在的更加粗野且充滿殺氣，在我認識的人裡，有人晚上和工匠打架，用木屐打傷了對方的頭，因為那是酒醉鬧事，在不顧三七二十一地打架時，學生帽最終被對方搶走了，而縫在那頂帽子內側的那塊白色菱形布上清楚繡著那個學生的名字，於是事情變麻煩了，那個男生差點被警察通報學校，不過朋友為他各處奔走，終於免於被聲張出去。這種粗野行為看在你這種於現今文雅風氣裡長大的人眼中，想必覺得很愚蠢吧，其實我也覺得很荒謬，可是相對的，他們身上有種現代學生沒有的質樸氣息。當時每個月叔叔寄給我的錢比現在你父親寄給你的少很多（當然物價也差很多），即使這樣，我也完全沒覺得不夠，不僅如此，在眾多同學當中，就經濟方面來看的話，我絕不是處於羨慕別人的可憐境遇裡，現在回想起來，我反而是被人羨慕的那方吧，因為我除了每個月固定的生活費之外，還常常請叔叔多寄些書籍費（我從那時候開始就喜歡買書）和一些臨時支出給我，可以不斷隨心所欲地花錢。

什麼都不知情的我不僅相信叔叔，並且總是抱持感謝之心，把他當作恩人般尊敬。叔叔是企業家，也是縣議員，或許是因為這個關係，我記得好像和政黨也有一些關連，他雖然是我父親的親弟弟，不過因為個性不同，他朝和父親完全不同的方向發展。父親是堅守從祖先那裡繼承的財產的老實人，興趣是茶道花道，還有也喜歡閱讀詩集，他好像也對書畫骨董之類的很有興趣，我家雖然住在鄉下，不過常會有骨董店的人特地從兩里外的城市——叔叔住在那個城市——拿著掛軸、香爐等寶物來給父親鑑定，父親簡而言之可說算是個財主吧，是個有優雅嗜好的鄉下紳士，因此以性格來說，他和豁達的叔叔相差甚遠。雖然這樣，他們兩個人的感情異常地好，父親常常稱讚叔叔是遠比自己更奮力工作的可靠人才，像自己這樣從父母那裡繼承家產的人，只會讓擁有的才能生疏，也就是說不需要在世間奮鬥會讓人墮落，這句話母親聽過，我也聽過，而且我甚至認為我父親是為了讓我記住才說的，因為他那時刻意看著我的臉說：「你也要牢牢記住才行。」所以我至今沒忘記這句話。如此被我父親信任且誇讚的叔叔，我有什麼理由去懷疑他呢？他是我很自豪的叔叔，對父母雙亡、凡事都要受他照顧的我，他已經不是單純我自豪的人了，而是我生活上不可或缺的人了。

五、

我在暑假第一次回鄉時，叔叔夫婦以新主人之姿代替我住進雙親過世的老家，這是我去東京前談好的，唯一一個活下來的我不在家裡的話，也沒其他辦法。

叔叔那時候和市區裡面很多公司都有往來的樣子，他笑著說以業務上的方便程度來看，住在他原本住的房子，比搬到這兩里遠的我家來住還方便得多，這些話是在我父母過世後，我跟他商量我去東京的這段期間，要怎麼處理老家時，他脫口而出的話。我老家有悠久歷史，在那一帶算是小有名氣，我想你故鄉應該也有這樣的事吧，在鄉下，若要將有歷史且有繼承人的房子打掉或是賣掉的話，是個大事件，現在的我完全不在意這些事，可是那時我還只是個孩子，想到我也要到東京，覺得房子不能就那樣放著，非常苦惱要怎麼處置。

叔叔不得已只好答應住進我們那個空的房子，可是城市的那個房子也保留著，他說如果沒讓他能在兩個地方自由來去，他會很不方便，而我本來就不可能有什麼異議，我認為不管有什麼條件都沒關係，只要我能去東京就好了。

還是個孩子的我，即使離開故鄉，心裡還是頻頻回顧那個令人懷念的故鄉，而且我還是以一個旅人的心態認為那是一個自己該回去的家，即使我再怎麼嚮往東京，一到放假就一定要回家的心情，還是非常強烈，我在東京努力念書、盡情玩耍，且常夢到那個放假日能回去的故鄉老家。

我不知道在我不在老家時，叔叔是如何往返兩邊的家，我回家時，家族成員都聚集在這個家裡，就學的孩子平常可能是住在市區吧，放假就回鄉下放鬆，大概是這樣的運作模式。

大家見到我都很高興，而我看到現在的家比父母在世時還要熱鬧開朗，也感到開心。叔叔把佔領我原來房間的長子趕出去，讓我睡在那個房間，因為我家有好幾個房間，我推辭說我睡其他房間也沒關係，叔叔說這是我的房子，而不理會我的推辭。

除了我時常想起過世的父母之外，沒什麼讓我不愉快的事，那個夏天，我和叔叔一家人共同度過後，又回到了東京。那個夏天只有一件事在我的心裡投下一片微暗陰影，就是叔叔夫婦一個口徑地勸才剛上高中的我趕快結婚，前前後後說了三四次吧，一剛開始我只是因為太突然而嚇了一跳，他們第二次說時，我斷然拒絕了，第三次時我終於反問了他們要我結婚的理由，他們的理由很簡單，就是希望我趕快結婚回到這個家來，繼承父親的家業。我當時只覺得在放假時能回家就好了，要繼承家業就必須結婚，這兩件事聽起來還算合理，特別是了解鄉下人情世故的我非常明白這個道理，我也絕不是討厭這樣做，可是對剛到東京念書的我而言，結婚就只是像用望遠鏡看事物般，還在很遙遠的遠方，我沒有答應叔叔就又離開家了。

六、

我之後就忘了結婚這件事，我看著在我身邊走動的青年，發現沒有任何一個人臉色帶著因家務操勞的神色，大家都是自由的，而且大家看起來都是單身，這些看來一派輕鬆的人當中，只要深入探究，或許有些也是因為家庭緣故不得已結了婚的人，只是還是孩子的我根本看不出來，而且這些有特殊境遇的人也因為顧慮到周遭的人，儘量不談這些和學生扯不上邊的家庭內部的事情。之後回想起來，我自己也算是那群人之一，只不過連這樣的自覺都沒有，還是如同孩子般開心地走在求學的道路上。

學年結束後，我又打包好行李回到有父母親墓地的鄉下，然後和去年一樣，在父母曾住過的老家，看到熟悉的叔叔夫婦和其孩子，我再次在那裡嗅到故鄉的氣息，那種氣息對我而言依舊充滿眷戀，我很感激有這股氣息改變我單調的一學年。

但是在這和我成長過程相同的氣息當中，我叔叔突然又對我提出結婚這個問題，他只是重複去年勸我時所說的話，理由也和去年說的一樣，不一樣的是去年勸我時還沒有任何候選人，這次則找到了明確的對象，讓我更不知所措，其本人是叔叔的女兒，也就是我堂妹。叔叔說我跟她結婚對雙方都有好處，而且在父親在世時，也跟他提過這件事，我也認為這樣很方便，而且認為父親和叔叔談這件事是有可能的，可是那是在叔叔告訴我後才這麼覺得，不是在那之前就察覺到的，因此我很驚訝，雖然驚訝，但因為叔叔的這個期望沒有任何不自然之處，我也能夠理解，這樣的我很糊塗嗎？或許是吧，不過我對那個堂妹沒特別的興趣才是主要原因吧。我小時候常去市區叔叔家裡玩，而且不是只去看看而已，還滿常在那裡過夜的，那時就和那個堂妹很熟，你也應該知道吧，在兄妹間沒有戀愛成功的例子，或許我擅自利用這個公認的事實來敷衍也有關係，不過我認為我們是兩個太過熟悉的男女間，失去了戀愛上所需的刺激帶來的新鮮感，就像只有在開始點香那瞬間才能夠聞得到薰香味，也只在剛開始喝酒那剎那才享受得到酒味，而也只有那麼一瞬間能讓人產生戀愛的衝動，只要一旦抱著平常心通過那點，接下來再怎麼越來越熟，只會增加親近感，戀愛的神經只會漸漸麻痺而已，我再怎麼考慮也沒意願取堂妹為妻。

叔叔說如果我堅持的話，可以延到我畢業後再宴客沒關係，但是他也說有句諺語叫做「擇期不如撞日」，希望現在至少先舉行儀式，但對還不想結婚的我而言，這是一樣的事，我又拒絕了，叔叔露出厭煩的表情，堂妹哭了，她並不是因為不能和我結為連理感到悲傷，而是因身為女人被異性拒絕結婚感到難過，如同我不愛堂妹，我非常了解她也不愛我。我又出發到東京了。

七、

我第三次回鄉是在那一年後的夏初時刻，我總是在期末考一結束，就迫不及待地逃離東京，因為對我而言故鄉是如此讓人眷戀，你應該也有這種感覺吧，出生地的空氣顏色和別處不一樣，土地的氣味也很特別，父母的記憶也濃烈飄盪著，一年當中，七月和八月這兩個月被這些氣息包覆，像蜷縮在洞穴裡的蛇一樣靜靜待著，這對我而言是比什麼都溫暖的心情。

單純的我認為和堂妹的結婚問題不是個需要傷腦筋的問題，只要是不喜歡的事就拒絕，只要拒絕後就沒有後患，我以前是這麼相信著的，因此儘管我違背了叔叔的期待，也完全不在意，一整年我都沒為那件事操心過，一如往常開開心心地回鄉了。

可是一回家就發現叔叔的態度和之前不同，沒有像之前一樣笑笑地把我擁入懷中，即使這樣，天真成長的我回去後的前四、五天還沒發現，只是因為一個機緣突然覺得很不對勁，而且發現神色不對勁的不只叔叔，嬸嬸也怪怪的，堂妹也怪怪的，而且連那個中學畢業要到東京念商職而寫信給我問狀況的叔叔長子也怪怪的。

以我的性格來說，這是個不得不思考的問題，為什麼我的心態改變了？不，為什麼他們變成這樣？我懷疑起這是不是突然過世的父母要我洗清混沌的眼睛，以趕緊看清楚這個世界而導致的。我內心某處深信父母在離世後也像他們在世時愛著我，說起來那時的我絕不是想法那麼沒邏輯性，但是祖先遺傳下來的迷信的心深深地潛藏在我血液裡，現在應該也還是吧。

我一個人上山，在父母墓碑前跪了下來，抱著半哀悼半感謝的心跪著，然後覺得未來的幸福像是還掌握在躺在這冰冷石塊下的他們的手中般，我向他們祈願希望他們守護我的命運，你可能覺得很好笑，我也覺得被嘲笑亦是當然的，可是我就是這樣的人。

我的世界天翻地覆地改變了，不過這對我而言也不是第一次的經驗了，我十六、七歲第一次發現世上有美麗事物時，猛然吃了一驚，幾度懷疑自己的眼睛，不斷揉亮自己的眼睛，然後在心中狂喊「啊，好美！」。說到十六、七歲，無論男女，正是俗稱情竇初開的時期，情竇初開的我開始注意起女性，認為她們是世上美麗事物的代表，我對以前沒注意到其存在的異性，打開盲目的雙眼，自此之後，我的世界煥然一新。

我注意到叔叔態度改變也和那時的狀況相同吧，突然察覺了，完全沒任何預感或心理準備，冷不防就到來，我突然發現他和他的家人的態度和以前完全不同，我非常驚訝，然後擔心起這樣持續下去的話，自己的未來該何去何從。

八、

我想到如果沒有確實掌握至今交給叔叔管理的家產，對不起過世的父母。叔叔如同他自己說的，很忙，無法每天晚上在同一個地方過夜，兩天回老家、三天住在市區的家，往來兩地，每天都很匆忙，而且總是把口頭禪「好忙、好忙」掛在嘴邊。在我沒對他起疑時，就相信他真的很忙，而且還嘲諷地將之解釋為如果不忙就跟不上時代，但是當我把目光放在要好好花時間和他討論財產相關事項時，看到他那忙碌的樣子，就認為那只是他要躲避我的藉口罷了，我無法輕易逮到叔叔跟他談談。

我聽說叔叔在市區那裡有個妾，那是我從以前中學同學那裡聽來的，雖說以叔叔的為人來看，有個妾也不足為奇，但是父親在世時沒聽說這種事的我聽到時還是很驚訝，那個同學還跟我講很多關於叔叔的傳聞，其中一件事就是聽說他有段期間事業快要失敗，不過這兩三年來迅速重振起來，而這就是加深我懷疑他的事情之一。

我終於展開和叔叔的談判，說成談判可能有點不太妥當，不過以談話進行過程來看的話，自然就演變成只能用這個詞來形容了。叔叔始終只把我當成個孩子，而我則一開始就用猜忌的眼光看待叔叔，理所當然無法和平解決。

很遺憾地，我急著要往下講，因此無法在此詳細敘述這個談判的來龍去脈，說實在的，有一件比這更重要的事還沒講，我筆下很想快點追溯那件事，盡全力才把這種心情壓下來，永久失去和你見面慢慢聊的機會的我，不僅不習慣執筆技巧，而且從不浪費寶貴時間這點而言，不得不省略一些想寫的事。

你還記得吧，我曾跟你說過這世上沒有所謂壞人的典型，大部分的好人在緊要關頭時會突然變成壞人，絕不能大意，那時你很激動地反駁我，並問在什麼情況下，好人會變壞人，我一口咬定是「金錢」時，你露出不能接受的神情，你那不滿的神情我記得很清楚，我現在跟你坦白說吧，我那時就是想著我叔叔的事，作為一個普通人一看到金錢就突然變成壞人的例子，作為一個世上沒有值得信任的事物的例子，我想到的就是那個讓我憎恨的叔叔。我的回答對想要深究思想領域深處的你而言可能不夠，可能很陳腐，但那是我親身經歷得到的答案，實際上我那時不就很激動嗎？比起用冷靜的頭腦說著新的事情，我相信用激烈的語氣敍述平凡的主張還來得生動，因為身體是靠血液的力量運作著的，也因為語言不是只對空氣傳導其波動，而是能夠對更強的事物發揮更強勁的作用。

九、

一言以蔽之就是叔叔侵吞我的財產，這在我待在東京的三年內很容易完成，放心地把所有事都交給叔叔處理的我，就世間眼光來看真的非常愚蠢，而若不從世間眼光來評價的話，或許可說我是一個單純的寶貴男性吧，我回顧那時的自己，一想到為什麼我個性不差一點呢，就對老實過度的我不甘心得不得了，可是不知道為什麼我也興起想要再一次回到那剛出生的無邪狀態。請你記住，你認識的我已經是染上塵埃後的我，如果要將經過多年汙染的人稱做前輩的話，我不折不扣就是你的前輩。

如果我按照叔叔的期望跟他女兒結婚的話，結局在物質上會對我比較有利嗎？我認為這想都不用想就知道了，叔叔想利用策略把他女兒塞給我，與其說是為了兩家方便這番美意，實際上是因卑鄙至極的利慾薰心所驅使，才跟我提這門婚事的。我只是不愛我堂妹，不過也不討厭她，事後回想，拒絕這門親事我多少有點開心，因為儘管一樣都是被誆騙，不過從被迫服從的這方而言，沒娶堂妹的我沒有如對方所願地行動，從這點來看多少是按照我的心意進行，可是這只不過是件稱不上問題的微不足道的事，在沒什麼特別關係的你看來，這只不過是個無謂的逞強吧。

有其他的親戚介入我和叔叔間設法調停，我也完全不相信那些親戚，不僅不相信，還帶有敵意，我察覺叔叔欺騙我的同時，就鑽牛角尖地認為其他人也一定是要來騙我的，我的理論是連父親都那麼讚賞的叔叔都欺騙我了，其他人就更不用說了。

即使如此，他們還是為我把所有該給我的財產都整理給我，把那些換算成錢的話，比我預期的少太多了，我只有兩條路可走，默默接受還是跟叔叔打官司，我非常憤怒，且迷惘，我也擔心一旦展開訴訟，要花很多時間才會定案，因為我還在念書，想到這會剝奪我當學生的寶貴時間就讓我非常痛苦。我考慮的結果，決定拜託我那住在市區的中學老朋友，請他幫忙把我繼承的財產都變賣成金錢，他勸我不要這麼做比較好，但我聽不進去，因為那時我已下定決心要永遠離開家鄉，在心裡發誓不要再見到我叔叔。

我在離開家鄉前，又去了一次父母的墓地，之後我再也沒去看那個墓，且已經永遠沒機會看到了。

我那老朋友按照我所託付的幫我處理，那是在我到東京後很久之後的事了，在鄉下要賣耕地並不是件那麼容易的事，而且也有可能被抓住弱點而削價，所以我拿到的金額比時價少很多，坦白說，我的財產只有離家時帶在身邊的少許政府債券和之後那個朋友寄來的錢而已，這比父母的遺產少非常多，而且因為不是我花掉的，這讓我心情更不好，不過以一個學生來說，那已經非常足夠生活了，實際上我連那些錢一半的利息都沒用到，這種優渥的學生生活讓我陷入意想不到的境遇。

十、

金錢上很充裕的我興起搬出嘈雜宿舍，自己擁有一個房子的念頭，可是這麼一來，要買家具也很麻煩，也需要找位能照料我起居的阿姨，那位阿姨一定要是個誠實的人，要是個我不在家時，也能放心把家裡交給她的人才行，因為這些原因，我遲遲沒有付諸行動。有天，我抱著不然先找房子也好的輕鬆心情散步，從本鄉台往西走下坡，再從小石川的斜坡直直地往上走到傳通院的方向，電車鐵路蓋好後，那裡的景象就完全改變了，不過那時左手邊是砲兵工廠的土牆，右手邊是一整片稱不上是荒地或丘陵地的空地，長滿雜草，我站在那片草地上漫不經心地望向對面的懸崖，現在那裡的景色也不差，不過那時那西側的景色更是別有一番風味，雖然放眼望去只是一片茂密綠意，心神卻能整個放鬆。我突然想到不知道這裡有沒有適合的房子，因此馬上穿過草原，延著小路往北方前進，那裡現在也還不是很好的一區，破爛的那區在那個年代更是髒亂，我穿過小路，轉進巷弄，到處轉轉繞繞，最後問了柑仔店的老闆娘看這附近有沒有哪個房子要出租的嗎？老闆娘說：「這個嘛……」稍微偏了偏頭說：「租屋啊……」一副完全沒有頭緒的樣子，我覺得沒什麼希望正決定要放棄離開時，老闆娘問：「住家分租的不行嗎？」我稍微改變了心意，認為自己一個人住在安靜的分租房間的話，反而沒有自己坐擁房子時要考慮到的各種麻煩，然後我就在柑仔店裡坐了下來，請老闆娘告訴我更詳細的事。

那是一個軍人家庭，不，應該說是其遺族住的房子，老闆娘說房子的所有權人好像是在甲午戰爭還是什麼的戰死的，到一年前都還住在市谷的士官學校旁，那裡有馬廄，宅邸也太大，所以就把那裡賣掉，搬到這裡來，可是這裡沒什麼人，她們很寂寞，因此她們拜託她如果有適合的人，請幫忙介紹，我從老闆娘那裡得知那個家裡只有遺孀和獨生女和女傭，我在心裡覺得這樣很安靜非常好，可是我擔心突然去拜訪她們，會被認為是個來路不明的學生而拒絕，我也想過不然放棄好了，但是我身為學生，並不是穿著很寒酸的衣服，而且也還戴著大學帽，你覺得很好笑吧，戴著大學帽又怎麼樣？不過那時候的大學生和現在的不一樣，是很能取得社會大眾信任的，我甚至從這四角帽子找到一種自信，然後就按照柑仔店老闆娘告訴我的資訊，沒透過任何人介紹就去拜訪那戶軍人遺族的家了。

我見到了遺孀，跟她表明來意，她問了我的身家、就讀學校和科系等，不知道是哪個點讓她判斷我沒問題，她馬上就告訴我隨時搬去都沒關係。遺孀是個正直的人，而且也是個乾脆的人，我心想軍人妻子都是這樣的氣度啊，深感佩服，除了佩服之外，也感到驚訝，疑惑這樣的個性哪裡有寂寞的感覺啊。

十一、

我馬上搬到那個宅邸裡，跟她們租了我第一次來時跟遺孀談好的房間，那是整個房子裡最好的一個房間，本鄉周邊那時到處蓋起高級租屋，我認為我佔據了以學生來說最好的房間，這個讓我成為一室之主的房間，比其他那些租屋都好，剛搬過去時，我甚至認為對身為學生的我來說，真的是太過奢華了。

房間是八張榻榻米大小，壁龕旁有個多層架子，緣廊對側有日式壁櫥，雖然沒有窗戶，不過朝南的緣廊會照進明亮的日光。

我搬進去的那天，看到插在壁龕的花，旁邊豎立放著一把古琴，兩樣都不得我心，我是在喜好詩集、書法和茶道的父親旁成長的，那些風雅品味是自小養成的，或許是因為這樣，不知不覺自然地對這些豔麗的裝飾感到輕蔑。

我父親在世時收集的藝術品被那個叔叔破壞殆盡，不過多少還留下一些，我在離開家鄉時把這些寶物交給中學老朋友保管，並從那裡面挑出四、五幅還滿有意思的畫，去除裱褙，塞到行李底部帶過來，不管我有沒有搬家，本來就打算把那些畫掛在壁龕欣賞，可是當我一看到剛才說的那古琴和插花，突然失去勇氣，當我後來聽說那盆花是為了歡迎我才插的時候，內心苦笑了起來，而那把古琴是從以前就擺在那裡了，想必是不知道要放哪裡，不得已只好把它立在那裡。

一說到這個話題，你腦中應該自然地掠過這話題背後有年輕女性身影的存在吧，搬過去後的我也很好奇，其實從還沒搬之前好奇心就蠢蠢欲動了，不知道是不是因為有這種邪念讓我的表現不太自然，還是只是我不習慣和人接觸，我第一次見到那位千金，只是張皇失措地打了個招呼，而她也是羞紅了臉。

在那之前我都是從遺孀的風采和態度來推測其千金的一切，可是那想像的內容對那位千金而言不是多有利，我認為軍人的妻子應該是某個樣，而他們的千金應該是這樣，我如此衍伸我的推測，但是那些推測在我一見到那位千金的瞬間，就全然瓦解，然後又重新注入了至今我想像不到的異性氣息，自此之後我不再討厭壁龕的那盆插花，也不再覺得豎立在床頭旁的那把古琴很礙眼。

當那盆花到差不多凋零枯萎時，又會換另一盆花，古琴也時常被搬到斜對面的房間。我在自己的房間裡托腮聽著琴聲，那琴藝好不好我聽不出來，不過看到她沒彈得很熟練，我想應該不怎麼厲害吧，嗯，大概跟插花差不多程度吧，說到花，我是很懂得欣賞的，那位千金絕對稱不上厲害。

即使如此，她還是不害羞地將各式各樣的花擺在壁龕，插法永遠一個樣，而且花瓶也從來沒換過，可是說到音樂那方面，又比花更奇怪，只是一個音一個音地彈，完全不成曲調，也不是完全發不出聲音，但就只能發出宛如悄悄話般極小的聲音，而且一被罵就完全發不出聲音了。

我開心地欣賞那拙劣的插花，也聆聽了那樣的琴聲。

十二、

我的心情在我離開家鄉時就已經很厭世了，我想「不能信任別人」這個觀念可能在那時就已經深入了我的骨裡吧，我開始把我視為敵人的叔叔、嬸嬸和其他親戚當作是人類的代表人物，即使只是搭個火車，也會對坐在隔壁的那個人產生戒心，有時對方跟我說話，我的戒心就又更強了，我的心情非常沉悶，有時覺得就像是吞了鉛塊般痛苦，因此我的神經才會變得這麼敏銳緊張。

我那次回東京後想搬出宿舍很大部分是因為這個原因，當然若說是因為有錢而想住大房子，也是合理的，只是如果是以前的我，即便資金充裕，也不會想做這麼麻煩的事吧。

我搬到小石川後，很長一段時間還是無法放鬆這緊張的心情，我甚至覺得自己很羞愧，總是小心翼翼地環顧周遭，而且很不可思議地，總是只有頭腦和眼睛發揮作用，嘴巴反而漸漸不動了，我只是像隻貓般默默地坐在書桌前仔細觀察家裡所有人的樣子，有時甚至覺得對她們很過意不去，我把周密謹慎的觀察力全神貫注於她們身上，就像是個不偷東西的小偷，我這麼想著，有時甚至討厭起這樣的自己。

你一定覺得很奇怪吧，這樣的我怎麼會有心情喜歡那位千金？怎麼能由衷欣賞她那拙劣的插花？同樣地又怎麼能夠歡喜聽她那不高明的琴藝？如果你這麼問我，我也只能跟你說這些都是事實，除了告訴你事實之外，別無他法，至於要怎麼解釋，就讓聰明的你自己解讀吧，我只是再補充一句話，雖然關於金錢，我很懷疑人類，但是關於愛，我還是相信人類的，因此即使旁人看來這種想法很奇怪，連我自己都覺得很矛盾，不過在我心裡，這兩種想法是和平共存的。

我常叫遺孀「夫人」，接下來我就不稱她為遺孀了，直接稱她夫人。夫人對我的評價是我是個安靜沉穩的男人，她也誇我很認真學習，可是關於我不安的眼神以及毛躁的態度，她什麼都沒說，是沒發現嗎？還是不好意思說？這我不知道，不管怎樣她似乎沒特別注意這些地方。不只這樣，有次她說我豁達大度，一副敬重我的口吻，當時老實的我稍微紅了臉地否定了，此時夫人很認真地說明：「因為你自己沒有發現，才會否定啊。」夫人好像本來沒打算把房間租給我這樣的學生，而是請附近的人幫忙介紹看有沒有在公家機關上班的人要租房子，她腦中的想法是只有俸給不高的人才會想要分租房間。夫人把我和她在心裡預想的房客做比較，誇讚說我比較豁達大度，原來如此，和那些過著貧困生活的人比起來，或許我在金錢方面顯得比較有餘力，可是那並不是人格上的問題，和我的精神生活是完全沒關係的，夫人果然是女性，把這種想法延伸，用同一個詞彙形容我整個人。

十三、

夫人的這種態度自然地影響到我的心情，不久後我的眼神不再猶疑不定，整個心緒也比較氣定神閒了，總而言之夫人家的人壓根兒沒有理會我那乖僻的眼神和疑神疑鬼的樣子，這對我來說是種極大的幸福，因為她們沒有回應我的神經質，我遂逐漸平靜下來。

夫人是位很懂人情世故的人，可解釋成她是特意那樣對待我，也可能是如同她自己說的，她觀察出我是個豁達大度的人，不過也可認為我的孤僻只是留在腦中，並沒有外顯出來，還是夫人自己蒙蔽了事實也說不定。

我的心平靜下來了，同時也漸漸和這家人比較親近了，也會和夫人及千金說笑了。有時候她們把我叫到她們那裡去喝茶，也有些晚上，我買了點心回來請她們到我房裡吃，我覺得我的交際範圍突然擴大了，因此有好幾次害我浪費掉看書的時間，不過不可思議的是這種妨害對我來說不是種打擾。夫人本來就是個閒人，而千金除了去上學，還要學插花、古琴，讓人認為她應該很忙碌吧，不過出乎意料地，她看起來有很多空閒時間，因此只要三個人都在家，就會聚集聊天放鬆心情。

來叫我的幾乎都是千金，她有時會走過緣廊的轉角，站在我的房前，有時會穿過飯廳，從隔壁房間的紙拉門看到她的身影，她通常會站在那裡，然後叫我的名字問：「在念書嗎？」我大概都是把很難的書擺在書桌上，盯著書看，從旁看起來我就像是個讀書人吧，可是老實說，我並不是那麼認真在研究書裡的內容，我雖然把目光放在頁面上，卻是在等千金來叫我，如果等不到她來的話，我就只好自己站起來，去她們那裡的房間，問：「妳在念書嗎？」

千金的房間是緊連著飯廳的六張榻榻米空間，夫人有時會在那個飯廳，有時會在千金的房間，也就是說這兩個房間有沒有隔開都一樣，她們母女就這樣來來去去，不特定地佔領她們的地盤，我在外面呼喊她們時，回我「請進」的一定是夫人，千金就算在那裡也不大會回。

不久後就演變成有時只有千金一個人有事來到我的房間，順便坐下來聊天，每到這個時候，我的內心就莫名升起一股不安感，而且我不認為這只是因為和年輕女性面對面坐著就升起的不安，我不自覺地坐立不安，自己違背自己的心意這種不自然的態度讓我很痛苦，可是對方的態度反而很冷靜，讓我不禁懷疑起眼前這個人真的是那個雖然撥著古琴但卻發不出什麼聲音的人嗎，她完全沒感到不好意思。有時因為她在我這裡待太久了，飯廳那裡會傳來她母親的呼喊，不過此時她也只是回聲「好」，卻沒馬上站起來。那樣的千金絕不是小孩了，這我看在眼裡完全了解，而且她為了讓我了解甚至做得很明顯。

十四、

我在千金離開後，鬆了一口氣，同時也有股不知是覺得還聊不夠還是還沒聊完的感覺，或許我有點偏女性，特別是從現在正值青年的你們看來應該是這樣吧，不過那時候我們大概都是這樣子的。

夫人不常外出，即使偶爾出門一下，也不會讓千金跟我單獨留在家，我也不知道那是剛好還是故意的。我自己這麼說也很奇怪，不過仔細觀察夫人的樣子會覺得她希望自己的女兒跟我接近，不過即使這樣，有時候她好像也會暗自對我有警戒心，第一次遇到這樣狀況的我，有時會覺得不舒服。

我希望夫人的態度能更明確一點，動腦思考的話會知道她的態度很明顯是矛盾的，可是被叔叔欺騙的記憶尚猶新的我，不得不猶疑要不要踏出那一步，我試著推測夫人這些態度哪個是真的，哪個是假的，卻無法判斷，不僅不知如何判斷，也不懂為什麼她要做這麼奇怪的事，即使想要想出些什麼理由，也想不出來的我，把罪惡歸咎於「女人」這個詞彙，這樣才能忍耐下來，畢竟是女人，反正女人就是愚笨，在我想不出個所以然時，總是做出這樣的結論。

就像這樣輕視女性的我，卻再怎麼樣也無法輕視千金，我的那些理論在她面前完全起不了任何作用，因為我對她幾乎只有接近信仰的愛，我把只用在宗教的這個詞彙運用在年輕女性身上，在你看來會覺得很奇怪吧，可是我現在也這麼堅信著，我堅信真正的愛和信仰宗教的心沒什麼差別。每當我看到千金，就覺得自己也變美好了，只要一想到千金的事，就覺得崇高心情移轉到自己身上來了，如果說愛這種不可思議的東西有兩端，高端處是有神聖心在作用，低端處是性慾在作用的話，我的愛確實是落在高端處，我本來認為人類是無法離開肉體來思考的，可是我看著千金的眼睛、想著千金的心，完全沒帶任何肉體念頭。

我對母親抱持著反感，同時對女兒的戀愛程度卻越增加，因此我們三個人的關係和我剛住進來時比起來，越來越複雜了，不過這些變化幾乎是暗地裡發生的，沒有外顯出來。不久我在一個偶然的機會下發現或許至今我都誤會夫人了，我改變想法認為夫人對我的矛盾態度，兩種都不是虛偽的，而且我認為並非這兩種態度輪流支配夫人的心，而是兩種隨時存在於夫人的心裡，也就是說據我的觀察是夫人讓千金接近我，可是同時對我增加警戒心，這看起來雖然矛盾，不過增加警戒時，也沒忘記或改變另一種態度，依然是希望我們兩個人接近，但是又忌諱我們兩個人親密到她認為的正當程度以上。那時面對千金沒有萌生肉體念頭的我，認為她這種擔心是多慮了，不過自那之後我討厭夫人的心情就消失了。

十五、

我多方綜合了夫人的態度，確定我在這個家是被信任的，而且甚至發現了能佐證那股信任是從第一次見面時就存在了的證明，懷疑其他人的我心裡對於這樣的發現，產生出奇異的感覺，我認為女性比男性更直觀，同時或許也正因如此，女性比較容易被男性騙。這麼觀察著夫人的我，對千金也強烈產生同樣的直覺，現在想起來很不可思議，我雖然下定決心不要相信別人，但絕對相信千金，因此覺得相信我的夫人很奇特。

關於我鄉里的事，我沒多說，特別是關於那個事件，完全沒提到，甚至只要腦中一浮上那件事，就有一股不快感，我努力只聽夫人講話，可是對方並不知道我的想法，無論談到什麼話題，她都想問我家鄉的事，我終究全盤托出，我再也不回故鄉，即使回去也什麼都沒有，有的只是父母的墓地而已，當我這麼告訴她時，她表現出非常感動的樣子，千金哭了，我覺得還好我說出來了，感到很高興。

聽了我所有事的夫人露出果然自己的直覺很準的表情，然後把我當成她的年輕親戚般對待，我一點都不生氣，反而覺得很高興，但是不久後，我的猜忌心又升起。

讓我對夫人開始起疑的是一些很瑣碎的事，可是這些瑣碎的事累積起來，疑惑就漸漸蔓延開來，不知怎地我突然想到夫人是抱著和叔叔同樣的想法，努力讓她女兒接近我，這麼一想，至今對我很好的人在我眼裡突然變成狡猾的謀略家，我咬著苦澀的嘴唇。

夫人一剛開始是對外宣稱因為家裡沒別人覺得很寂寞，所以想要有個客人住進來，可以照顧他，我當時不認為這是謊言，而熟了後聊了很多後，我也認為那句話沒錯，可是以一般的經濟狀況來看，她們也不是很優渥的，因此以利害關係來考量的話，和我建立起特殊關係對她們而言絕對無害。

我的警戒心又更強了，可是對其女兒抱持著之前說過的強烈愛意的我，對其母親不管多警戒又能怎樣呢，我嘲笑起自己，也曾罵過自己是大笨蛋，不過如果只是這種程度的矛盾，不管多笨，都不會讓我感到痛苦，我的煩惱起因於我開始懷疑起千金是否和夫人一樣是個謀略家呢，一想到她們兩個在我背後討論要怎麼做後，並按照計畫行事，我就突然難受得不得了，並不是不痛快，而是陷入一種窮途末路的心情，儘管如此，我對千金還是堅信不移，所以我站在信念和迷惘之間，無法動彈，對我而言兩方都是猜測，兩方也都是事實。

十六、

我還是照常去學校上課，可是站在講台上的老師講的課在我聽來，好像從遠方傳來，念書也是這樣，眼睛看到的印刷字體還沒進入心底前，就像煙霧般消失了，而且我話更少了，有兩三個朋友誤會我，以為我沉迷於冥想，就這樣以訛傳訛，我也沒想要解開這個誤會，反而覺得有個在適當時機出現的假面具借給我，讓我覺得很幸運，不過有時我可能沉不住氣吧，會突然焦躁起來而讓他們嚇一大跳。

我的住處是個很少人出入的地方，她們的親戚好像也不怎麼多，雖然千金的朋友有時候也會來玩，不過她們聊天的聲音極小，總是小到我也不知道她們到底是不是還在，我一點都沒發現那是顧慮到我才那麼做的，因為來拜訪我的人雖然也不是什麼很粗野的人，不過沒有任何一個人顧慮到家裡還有其他人。此時，房客的我好像才是房子的主人，而重要的千金反而變成像是食客的地位。

可是這些事只不過是我在回憶時順便寫下來的，實際上是些毫不重要的事，但是這當中有件不能就這麼放過的事，不知是從飯廳還是從千金的房間突然傳來男人的聲音，那聲音和我的客人不同，聲音極小，所以我完全聽不到他們在說什麼，而且越聽不到我的神經就更高亢，我坐著坐著就坐立不安起來了，我先思考他是親戚嗎？還是只是個認識的人，然後猜測他是年輕男人還是上了年紀的人，我一直坐在房間裡的話，不可能知道這些資訊，雖然如此，但我也不能站起來打開紙拉門去看，我的神經不只是稍微震動，應該說是產生極大波動，這讓我很難受。我在客人回家後，問了那位客人的名字，千金和夫人的回答也極為簡單，我雖然露出不滿足的神色，可是也沒勇氣再繼續追問下去，再說我也沒這麼做的權利吧，我在她們面前同時顯露出兩種神色，一種是依照受到的教育一定要尊重自己品格的自尊心，另一種則是當下背叛了那種自尊心的物欲臉色，她們笑了出來，那笑容不帶嘲笑意味，至於是起於善意，還是只是看起來像是善意，我那時心慌到無法立即分辨解釋出來，那件事過後，我不斷在心裡想著她們一定把我當笨蛋，她們是不是在嘲弄我啊。

我是能自由決定事情的人，即使我想中途輟學，或是想去別的地方生活，或是想和誰結婚，都不需要和任何人討論，在那之前我有好幾次想乾脆開口跟夫人說想和千金結婚，但每次都猶豫不決，沒能說出口。並不是因為怕被拒絕，雖然如果真的被拒絕後，我的命運不知道會如何變化，不過可以站在和至今不同的角度看新的世界也不錯，所以我還能鼓起這種程度的勇氣，但是我討厭被誘騙，被操之在手的感覺是比什麼都更憤怒的，被叔叔欺騙的我下定決心接下來不管發生什麼事，都絕對不要再被其他人騙。

十七、

夫人看到我總是在買書，就要我多少也買一些衣服，實際上我只有幾件故鄉帶來的棉質衣服，當時的學生穿不起絲綢的衣服。我有個朋友家裡是橫濱的商人還是什麼的，家境優渥，有次家裡寄來絲綢上衣，大家看到都笑了，那個男的覺得很丟臉，做了各種辯解，就把家人特地寄給他的上衣塞到行李箱底，大家卻起鬨故意要他穿，而不巧地那件衣服長蝨子，朋友大概覺得這樣剛好，就把那件飽受批評的衣服揉成一團，在出門散步時，順便把它丟到根津的大水溝裡，那時跟他一起散步的我站在橋上笑著看那個朋友的這個行為，不過我心裡完全沒有「好可惜」的想法。

和那時比起來，我也長大不少了，可是認為還不用自己張羅較體面的外出服，因為我有個奇怪的想法，認為只要我還沒畢業還沒長鬍鬚，就還完全不用擔心服裝的事，因此我跟夫人說我需要書，不過不需要衣服。夫人知道我買了很多書，遂問我買的那些書都有看嗎？我買的書當中也有字典，當然有些是應該要看，可是卻連翻都沒翻，於是我不知道要怎麼回答，我自覺既然要買可有可無的東西，買書或衣服都一樣，而且我以一直以來都受她們照顧為理由，想買千金喜歡的腰帶或布匹送她，因此我拜託夫人幫我買。

夫人不肯自己一個人去買，她命令我跟她一起去，千金也要一起去，我們成長的社會氛圍和現在不同，不習慣在學生時期和年輕女性一起走在路上，那時的我比現在更拘泥於習俗，所以我多少有些猶豫，不過還是下定決心出門了。

千金打扮得很漂亮，她本來膚色就很白，仔細擦了粉後更顯眼了，經過的人都會再回頭望一眼，然後看了千金的那些人一定會再把視線掃向我，真是奇怪的感覺。

我們三個人往日本橋走去，買了預定要買的東西，因為在買的時候，也一直改變心意，所以比預計的花了更多的時間，夫人刻意呼喊我的名字把我叫去，問我的意見，有時會把布匹直立掛在千金的肩膀到胸前，要我退兩三步看看好不好看，我每次都會一副成年人的口吻說「這塊不行」或「這塊很適合」。

在這些事上花了很多時間，要回家時已屆晚飯時刻了，夫人說要請我吃飯聊表感謝之意，帶我走進一條裡面有「木原店」這家曲藝場的狹小巷道裡，巷道很窄，吃飯的店家也很小，對這附近地理環境不熟的我，驚訝於夫人的熟門熟路。

我們入夜才回到家，隔天是星期日，我整天都關在房間裡，星期一我去學校後，一大早就被某個同學調侃，他很故意地來問我說什麼時候娶妻了啊，而且還誇讚說我妻子非常美麗，看來我們三個人去日本橋的這件事，不知道在哪裡被那個男同學看到了。

十八、

我回家後跟夫人和千金說了這件事，夫人笑了，可是她看著我問：「你應該覺得很困擾吧？」我那時心裡想著男生是不是都這樣做藉以吸引女生注意，夫人的那種眼神看來充滿讓我這麼想的意味，或許我那時直截了當地坦白自己的心意會比較好，可是我心裡已經有團揮之不去的狐疑，因此即使我想開誠佈公，也忍住了，然後故意轉移了話題。

針對千金的婚事，向夫人探了探口風，但沒提到「自己」這個要素，她清楚地告訴我有兩三個機會，她也說明不過因為才剛要從學校畢業，還很年輕，所以還沒那麼急，夫人雖然沒說出口，不過她看起來認為千金的外貌很出色，她甚至脫口而出說只要想定下來，隨時都能定下來，而且她除了這一個女兒外，沒有其他孩子，這也是她無法輕易放手的原因之一，還有是要嫁出去或是要招贅，這也還在考慮的樣子。

在談話過程中，我覺得已從夫人那裡得到各種知識，可是卻也因為如此，結果我還是一樣失去機會，關於想講的事，還是一句話都沒能說出口，我找個適當的時機把話題結束掉，回到自己的房間。

剛才還在旁邊忸怩說笑的千金，不知何時已離席去另一側的角落，背對著這裡，我站起身回頭望時，看到她的背影，只看背影是讀不懂人心的，關於這件事千金怎麼想，我無法猜測，她面對衣櫃坐著，衣櫃拉開一尺左右的空隙，看起來好像是她拿出什麼東西放在膝上看，我從縫隙看過去，發現是前天買的布匹，我的衣服和千金的衣服重疊放在同一個衣櫃的角落。

我沒說什麼要站起來時，夫人突然用認真的口吻問我怎麼想，那問法很沒頭沒尾，我無法理解她問的是關於什麼事怎麼想，問清楚後才知道她問的點是「早點讓她女兒結婚比較好嗎」時，我回答慢慢來比較好，夫人說她也這麼認為。

夫人和千金和我的關係走到這裡時，有另一個男人加進來了，那個男人變成這個家庭裡的一分子後，我的命運產生了極大的變化，如果不是那個男人穿過我人生道路的旅程，或許我現在就不用留這麼長的一封信給你了，我那時如同手無寸鐵站在惡魔之路前，卻沒察覺到，那瞬間的陰影為我一輩子帶來昏暗。坦白說是我自己把那個男人帶進這個房子裡的，當然也需要夫人的允許，所以我一剛開始就毫無隱瞞地將狀況全盤托出，並拜託夫人，可是夫人說別那麼做，明明有充分的證據證明我非得把他帶進來不可，夫人卻不贊成，這完全不合乎道理，因此我斷然執行我認為是好的事情。

十九、

我在此稱呼那個朋友為K，我和K從小就是好朋友，說到從小，應該不用特別說明也知道吧，因為我們兩個是同鄉。K是真宗和尚之子，但不是長子而是次子，因此過繼給某位醫師當養子，我家鄉是個本願寺派勢力很大的地方，因此真宗的和尚和其他人比起來，物質生活很優渥，舉一個例子，如果和尚家有個女兒，且那個女兒到了適婚年齡，施主們會互相討論，將那個女兒嫁到門當戶對的家裡，其費用當然不用和尚家自己出，就像這樣，真宗寺大概都是富裕的。

K出生的家庭也是過著相當優渥的生活，但是不知道是沒有餘力讓次子到東京讀書，還是因為學習上的權宜之計，才談好要給人當養子，這我不清楚，總之K去了醫師家當養子，是在我們念中學時的事，我現在還記得在課堂上老師點名時，他的姓氏突然改變了，我嚇一大跳的事。

K當養子的那個家庭也是個相當富裕的資產家庭，他得到那個家的支援到東京來，他到東京的時期和我不同，不過一到東京，就馬上和我住進同一間宿舍，那時常常一個房間裡排兩三張書桌，大家一起生活，K也和我兩個人住一間，就像是在山上被捕獲的動物在柵欄裡互相擁抱取暖，邊仔細觀察外面的狀況吧，兩個人都很怕東京和東京的人，即使如此，我們還是在六張榻榻米大小的房間裡暢談睥睨天下事。

不過我們都很認真，我們是真的想要有一番作為，特別是K更厲害，出生於和尚世家的他總是把「精進」一詞掛在嘴邊，而且在我看來，他的所作所為全部都能用「精進」一詞解釋，我心裡總是敬畏著他。

K在念中學時就常拿一些宗教或哲學等我不知怎麼回答的艱澀問題來和我討論，這不知道是受到他父親的影響，還是受到自己出生於寺廟這種特別的建築物裡特殊氛圍的影響，總之他給人的印象是比一般和尚更具和尚性格，本來他的養父母是希望培養他成為醫生，才把他送到東京的，然而頑固的他抱著不當醫生的決心來到東京，我質問他這樣不就等於背叛他養父母嗎，大膽的他也回答「是啊，為了得道，這點小事不算什麼」。那時他用的「得道」這個詞，恐怕連他自己也不清楚其意吧，我當然也不懂，可是年輕的我們，這個模糊不清的詞彙撼動著我們的內心，縱使不是很了解，也被崇高的志向支配著，想往那個目標前進的幹勁看來應該不粗鄙，我贊成K的說法，我也不知道我的支持對他而言有多大的力量，即使我再反對，我認為死心眼的他也必定會貫徹自己的想法吧，可是萬一被說贊成他這麼做的我也要負些責任的話，還是孩子的我也自認有這樣的心理準備，而且即使那時候沒有那樣的覺悟，之後必須以成年人的角度回顧過去時，我也會負起我該負的責任，我是以這樣的語氣贊成他的決定。

二十、

K和我進入同一個科系，K神色自若地拿著養父母寄來的錢朝自己心所嚮往的道路前進，看來「不會被發現的放心感」和「被發現也沒關係的膽量」這兩種心情同時存在K的心裡，K比我還冷靜。

第一個暑假K沒有回鄉，他說要借住在駒込的某間寺廟的廂房裡念書，我回東京是九月上旬時，看到他真的是關在大觀音旁的破舊寺廟裡，他的房間是正殿旁的狹小一室，他看起來對於自己能在那裡照自己的心意念書感到很高興，當時我認為他的生活越來越像僧侶了，他手腕上掛著念珠，我問他那是為什麼掛著呢，他用拇指撥弄著一顆兩顆珠子給我看，他似乎每天都會像這樣撥弄好幾次念珠，只是我不知道其用意，一顆一顆地數著串成一圈的念珠，不管怎麼數都無止盡，K在何時、在什麼心情下停止數念珠呢？這雖然不是什麼重要的事，我卻常常想這個問題。

我又在他的房間裡看到聖經，有點驚訝，因為之前我常聽他說佛經的書名，可是關於基督教，從來沒聽他提過，這讓我忍不住問他為什麼會放那本書，他說沒什麼理由，只說這麼受人重視的書當然要看一下，他還說如果有機會的話，也想看看《可蘭經》，他看來似乎對「一手拿可蘭經，一手持劍」[1]這句話很有興趣。

第二年的暑假因家人催他，他終於回鄉了，可是即使回去了，也沒談他系上的事，他家人也還沒發現他念別的科系。你也是受過學校教育的人，對學校事物可能很了解，可是世間人對於學生的生活、學校的規則等事情，無知到讓人覺得不可思議，對我們而言很稀鬆平常的事，外部完全不知道，而我們也因為只呼吸內部的空氣，所以總認為學校內的所有大小事，全世界應該都知道，關於這點，K比我更了解世事，又若無其事地回到東京來了，我們一起離開故鄉，我一上火車就問他：「結果怎麼樣？」他回：「沒怎麼樣。」

第三個暑假就是那個我下定決心要永久離開父母墓地的那年，我那時勸K回鄉，可是他沒理我，他說像這樣每年都回去沒什麼意思，他還是決定留在東京念書，沒辦法我只好一個人離開東京回鄉，我在家鄉的那兩個月發生了我命運上多波瀾壯闊的事，前面已經寫過就不重複了，我心中充滿不平、抑鬱、孤獨的寂寞。於九月又和K見面了，而他的命運也和我一樣變了調，他沒告訴我就寄信給他養父母，自己招供他的謊言，他一開始就打算這麼做，似乎想要讓養父母說出「事到如今也沒辦法，你就走自己想走的路」，總之他好像不想上大學後還繼續欺騙養父母，而且或許他知道即使欺騙，也無法長久吧。

1 穆罕默德率領一支強大的軍隊，東征西伐，以武力替他們的神「阿拉」征服世界，並視之為「聖戰」，不順服者一律殺害，所以有人稱回教是「一手拿可蘭經，一手持劍」的宗教。

二十一、

看了K寄來的信，他的養父大為光火，馬上寄信嚴峻告知不會再寄錢給欺騙父母的混帳，K把那封信給我看，他也把差不多時間內他老家寄給他的信給我看，那上面也寫著不亞於養父那封的責難之詞，或許也加入了對養父母家人情義理上的愧疚，信上還寫了家裡也不會提供任何援助。發生了這件事後，K要恢復原來的戶籍，還是討論看有沒有其他妥協方式而繼續留在養父母家，這關係到一個眼前的問題，就是每個月要付的學費誰來出。

我問K關於這點他有什麼想法，他說可以當夜校的老師賺錢，那時整個社會風氣比現在還要寬鬆，因此兼職沒像你想的那麼難找，我認為K絕對找得到工作做下去，可是我也有責任，因為當他說出想要違背養父母的期待朝自己想去的方向前進時，我贊成了他的決定，因此我不能只是說「這樣啊」就袖手旁觀而已，我馬上跟他說會在物質上資助他，不過他二話不說就拒絕了。從他的個性來看，他一定覺得與其在朋友的保護下生活，不如自己謀生更順心吧，他說都已經上大學了，如果不能獨當一面就不算男人，我不忍為了盡自己的責任而傷害他的自尊心，因此我如他所願，不再插手。

K如自己所願不久就找到工作，可是對不想浪費時間的他而言，這個工作有多辛苦是可想而知的，他一如往常勤奮地學習，又背負新的重擔，奮力向前，我很擔心他的健康，可是性格剛毅的他只是笑了笑，完全不理會我的勸告。

同時，他和養父母的關係越來越糾結混亂，沒什麼時間的他無法像之前一樣跟我聊，我也就沒機會聽他講整個來龍去脈，只知道事情越來越難解決，也知道有人設法居中調停，那個人寫信來催促K回鄉，K只說了沒辦法，而不加理會，這股倔強（即使K說因為在學期中所以無法回去，不過在其他人看來這就是倔強）讓之後的事態越發緊張，他除了傷害了養父母的感情，同時也讓生父生氣。我很擔心，就寫了信勸他們和好，但已經沒什麼效果了，我寫的信連句回信都沒有就這樣石沉大海，我也生氣了，之前就同情K遭遇的我，決定以後不論誰對誰錯，我都要和K站在同一陣線。

最後K終於恢復原來的戶籍，他親生父親要賠償養父母至今出的學費，不過老家這裡也不再支援他之後的花費，一切隨他去，用以前的話來說就是斷絕父子關係，還是或許也沒那麼嚴重，只是本人這麼解釋。K的生母已過世，他一部分的個性可說是繼母教養出來的，我認為如果他生母還在的話，說不定他和老家的關係不會那麼有隔閡，他父親不用說當然是僧侶，不過就重義理這點來看，應該說更像武士吧。

二十二、

K的事件告一段落後，我接到一封他姊夫寄來的長信，K的養父母是他的親戚，K跟我說過在斡旋讓他當養子時，還有在他恢復原來的戶籍時，他姊夫的意見都很受重視。

信上寫著他希望我告訴他之後K過得怎麼樣，還加上姊姊很擔心，所以希望能趕快收到回信，比起要繼承寺廟的哥哥，K和嫁出去的姊姊比較親，雖然他們都是同一個母親生的姊弟，不過這個姊姊和K差很多歲，因此在K小時候，這個姊姊還比繼母更像真正的母親。

我把信拿給K看，他什麼都沒說，不過坦白說出他姊姊寄了兩三封差不多內容的信來，他每次都回信說不用擔心。可惜的是這個姊姊婆家也不是那麼富裕，所以她再怎麼同情K，也沒辦法給予物質上的援助。

我寫了和K一樣的內容回信給他姊夫，而且也在裡面明白寫上如果真的有什麼狀況的話，我會幫忙的，請他們放心之類的字句，這不用說只是我單方面的想法，其中當然包含了我想讓擔心K狀況的姊姊放心的善意，不過也是對輕蔑我的K的老家和養父母展示出我的志氣。

K恢復原來的戶籍是在大學一年級時，之後到二年級過一半的約一年半的時間內，他獨自支撐著自己的生活，但是因為過度耗費體力，逐漸對他健康和精神上都造成影響，當然是否遷出養父母家的戶籍這種麻煩事也影響到他，他漸漸變得多愁善感起來，有時他也會說出只有他一個人背負著全世界的不幸，如果我說沒這回事，他就馬上變得很激動，然後他認為離眼前光明的前途似乎越來越遠了，就開始焦慮起來。開始追求學問時，無論是誰都抱著遠大的抱負，踏上新旅程，可是過了一年兩年，到快接近畢業時，突然發現自己的腳步很慢，絕大部分的人此時都很自然地會失望，K也一樣，他又比一般人更加焦慮，我認為讓他穩定心情是第一要務。

我對他說不要做其他工作了，勸他暫時讓身體休息，現在放鬆絕對對未來有利，但K就是很頑固，沒那麼輕易就把我的話聽進去，這是早就預期得到，但是實際說出來勸他，又比想像中更費勁，讓我失去意志，K說追求學問不是自己最終的目的，培養強烈的意志變成強韌的人才重要，然後結論就是為了達到這個目的要儘量生活在困境裡，這從一般人看來，只是異想天開罷了，而且生活在困境的他一點也沒變堅強，反而變得神經衰弱，我沒別的辦法，只好露出非常有同感的樣子，最終還說出我自己也打算朝著這樣的目標前進（不過我講這些話也不是完全有口無心，一直聽K講這方面的事，漸漸被他同化，他就是有這樣的能力），最後我跟K建議不然我們一起住，一起追求更崇高的道理，我為了要軟化他頑固的心，還跪著求他，好說歹說終於把他帶到我家來。

二十三、

我住的那棟房子裡有一間四張榻榻米大的小房間，從玄關往裡走到我的房間時，一定會穿過這間小房間，從實用性這點來看，其實是間非常不方便的房間，我讓Ｋ住進這個房間，本來計畫在我那間八張榻榻米大的房間裡擺兩張書桌，再共用隔壁那個房間，不過Ｋ說空間再怎麼狹小也沒關係，自己一間房比較好，就自己選了那間小房間。

前面也說過，夫人並不贊成我把他帶進來，她說如果是出租公寓的話，當然兩個人比一個人好，三個人比兩個人多賺一點，可是這裡不是在做生意，所以最好不要這麼做，我說他絕不是個會給人添麻煩的人，不用太費心，夫人說即使不給人添麻煩，但不知其性格的人住進來就是不喜歡，我再追問那麼現在受她們照顧的我不也一樣嗎，她辯解說我的性格她一開始就非常清楚了，我聽了苦笑，這麼一來夫人又換個說法，說把那樣的人帶來的話對我而言也不利，最好不要這麼做，我問為什麼對我不利，這回換她苦笑了起來。

老實說我也覺得不需要強迫Ｋ一起來住，但是將每個月該花的費用攤開在他面前的話，他一定會躊躇著不收，他就是這麼個獨立心很強的男人，因此我把他帶進這個房子裡，背著他把兩人份的餐費交給夫人，可是我一點都不想跟夫人說Ｋ的經濟狀況。

我只說了Ｋ的健康狀況，說讓他繼續一個人住下去的話，他一定會越來越乖僻，也再補充說明他跟養父母的關係變差、和老家疏離等事，我告訴她們說我是抓住快溺水的人，把溫暖傳遞給他，才要把K接過來的，所以拜託夫人與千金好好照顧他，我說到這裡才勉強說服夫人。但是我完全沒告訴K這段事，所以他是完全不知道原委就來了，我反而覺得這樣比較好，若無其事地迎接不知情就搬來的K。

夫人和千金很熱心地幫他整理行李並照顧他，我將之解釋為這些都是她們看在我的面子上才這麼對K的，高興在心裡，儘管K還是一副緊繃的樣子。

我問K「新居住得舒服嗎」時，他只說了一句「不差」，但就我看來豈止不差，他之前住的那個房間是個又濕又臭且面北的髒房間，飲食也和那個房間相稱，很貧酸，而搬到我家的他可說是從幽谷移到喬木，但他不喜形於色，一方面是起因於他的倔強，一方面是他有他的信念，遵循佛教教義成長的他，認為在食衣住上花太多錢是不道德的，半吊子地閱讀了那些以前高僧和基督教信徒的傳記的他，動不動就會將精神和肉體分開來看，或許他甚至產生了鞭打肉體就能增加靈性光輝的想法。

我採取不反對他的對策，我設法讓冰遇到太陽使之融化，我想只要不久後冰能融化成溫水的話，他自我覺醒的時機一定會到來。

二十四、

我是受到夫人的照料，慢慢心寬了起來，因為我這麼感覺，這回想用同樣的方法在K身上試試看，K和我的個性完全不同，這點跟他認識很久的我非常清楚，不過如同我的精神狀況在進了這個家庭之後，多少變得比較圓滑，我想只要待在這裡，K的心總有一天也會比較平靜吧。

K是個比我有強烈決心的男人，大概也花了我雙倍的時間念書吧，再加上他天生頭腦就比我好太多了，之後我們的專攻不同，也無法做比較，不過無論是在中學還是在高中我們同班時，K的成績總是名列前茅，我甚至覺得我不管做什麼都比不上他，不過我硬把他拉到我家時，相信這次我是比他還明理的，在我看來，他只能說是無法區分自制和忍耐的不同。這是特別為你加上去的部分，你要好好聽，我們所有的能力，無論是肉體還是精神，都會因外部的刺激發展或破壞，不過不管是哪方，當然需要漸漸加強，如果沒好好思考的話，會往非常險惡的方向前進，而這自己當然不會發現，恐怕周遭的人也都不會發現，依照醫生的說明是說沒有像胃這麼懶惰的東西，如果一直吃粥，不知不覺就沒辦法吃比那更硬的東西，所以醫生建議要練習吃不同的東西，不過我覺得這不只是習慣就好，隨著增加刺激，吸收營養的功能也會變強吧，相反地，胃的能力逐漸變弱後結果會怎麼樣，用想的也馬上知道吧，雖然K是個比我偉大的男人，可是關於這點他都沒發現，他似乎堅信只要習慣了困境，最終就會覺得那困境沒什麼，而且只要一直反覆體驗各種艱苦，累積起來的成果會讓自己總有一天不再感到艱苦。

我說服K時，很想把這點說清楚，但是只要一說破，他一定會反抗，然後勢必會舉出古人的例子來辯駁，這麼一來，我就不得不明白跟他說出那些人跟K有什麼不同點，如果K能同意我說的就沒事，可是以他的個性來看，只要一開始議論起來絕對是沒完沒了，而且他一定會用實際行動來實踐他說過的話，他就是會這麼做的可怕男人，很偉大，他一邊破壞自己一邊前進，從結果來看，他只是在粉碎自己的成功上取得成就，也絕不平凡。熟知他性情的我終究什麼都說不出口，再加上就我看來，如同前述，他多少罹患神經衰弱，如果我設法說服他，他一定會很激動，雖然我不怕跟他起爭執，不過我回顧過去無法忍受孤獨感的自己，就不忍讓好朋友的他陷入同樣孤獨的境遇裡，更進一步而言，我更不想把他推入更孤獨的境地，因此在我把他帶入我家後，好一段時間都沒對他做任何批評，只是平靜地觀察著周遭環境對他造成的影響。

二十五、

我暗地裡拜託夫人和千金儘量和K聊天，因為我相信是他至今不講話的生活方式導致他變成這樣的，就像不使用的鐵會生鏽般，我認為他心裡已經鏽蝕了。

夫人笑著說他是個很難聊的人，千金也特別舉了個例子說明給我聽，有天她問K說火盆裡有沒有火，K答沒有，她說：「那我拿來吧。」被K說「不用了」給拒絕了，接著問他：「不冷嗎？」他說：「會，不過不用。」就不再說話了，我聽了也不能只苦笑而已，因為實在太尷尬了，我覺得要說些什麼來收場才行。這件事發生在春天，是沒必要強迫他需要火，不過被說很難聊也是無可厚非的。

因此我儘可能擔任起中間人，致力於幫助兩個女性和K之間的溝通，像是K和我在聊天時，我會把家裡的人一起叫來，還有家裡的人和我聚集在某個房間裡聊天時，我也會把K拉進來，不管怎樣就是順著當時的狀況，想辦法讓他們雙方接近熟悉，當然K不是很喜歡這樣，有時會突然起身走出房間，有時怎麼叫他，他都不過來，他說聊那些沒意義的話有什麼意思，我只是笑笑，不過我心裡非常清楚K為此是瞧不起我的。

就某個程度而言，我確實值得他瞧不起，因為他的著眼點可說是比我高多了，這我也不否定，但是如果只有眼光很高，其他地方都無法配合，事情也無法順利進行。不管在任何時候，我考慮的第一要務就是讓他過得像個正常人，因為我發現儘管他滿腦子想的都是偉人的概念，他自己沒變偉大的話，也沒什麼幫助，作為讓他成為正常人的第一個手段，我採取的是試著讓他坐在異性旁，然後讓他感受到從這裡散發出的氣氛，藉此讓他已生鏽的血液能新陳代謝。

這個實驗越來越成功了，剛開始覺得很難融合，不過慢慢有成果出來了，他一點一點地了解了自己身外的人事物，有天他跟我說不能那麼藐視女性。K以前認為女性也要像我們一樣，有同樣程度的知識和學問，後來發現找不到這樣的女性，馬上就產生藐視的念頭了，以前的他不知要依性別改變立場，用同樣的視線一視同仁地觀察所有男女，我跟他說如果永遠只有我們兩個男人討論事情，應該就只是維持這條直線往前延伸，他答「你說的對」。我那時正多少被千金吸引時，自然地就那樣跟他說，但是關於背後的含意，我一句話也沒跟他坦白。

K的心至今一直關在書堆打造出的城牆裡，至此漸漸開闊了，這狀況看在我眼裡比什麼都開心，因為我一開始就是為了達到這個目的而努力，所以對自己的成功感到無比喜悅，我沒跟他本人講，不過我跟夫人和千金講了我的想法，她們也都很滿意的樣子。

二十六、

我和K雖然是念同一個科系，可是專攻的主題不同，自然地我們出門和回家的時間也就不同，通常如果我比較早回家的話，只要穿過他那間沒人在的房間就好，如果我比較晚回家的話，就簡單跟他打個招呼後回房間，K通常會把視線從書上移開，稍微望一下打開紙拉門的我，然後一定會說聲「現在回來啊？」，我有時什麼都沒說，只點個頭，有時應聲「嗯」就走過去了。

有天我有事要去神田，回家時間比平常晚很多，我腳步急促地走到門口，嘎啦嘎啦地推開大門，同時聽到千金的聲音，那聲音聽來像是從K的房間傳出來的樣子，我們家的格局是從玄關直直往前走會經過客廳、千金的房間，然後往左轉就是K的房間、我的房間，聲音是從哪個房間傳出來的、是誰的聲音，已經在這住很久的我非常清楚，我馬上關上大門，於是千金的聲音也馬上停了，在我脫鞋時（我那時穿著西式很難穿脫的皮靴），我彎腰解鞋帶時，K的房間已經沒有任何聲音了，我覺得不對勁，想著是不是我聽錯了，可是當我如同往常要穿過K的房間而拉開紙拉門時，看到那兩個人確實坐在那裡，K照例說：「現在回來啊？」千金坐著說：「你回來啦。」不知道是不是我想太多，總覺得那簡短的打招呼有點生硬，就是有種不自然的語調震動著我的鼓膜，我問千金：「夫人呢？」我問這句話沒什麼特別的用意，只是覺得家裡比平常安靜所以問一下而已。

夫人外出了，女傭也和夫人一起出去了，也因此家裡只剩下K和千金在，我疑惑了，我在這個家住這麼久，印象中從來沒有夫人外出，只留我和千金在家的時候，我問千金：「是因為有什麼急事嗎？」她只是笑而不答，我討厭在這個時候笑的女生，或許這就是年輕女性的共通點，而千金也常在一些不重要的事上笑，可是千金一看到我難看的臉色，就馬上恢復原來的表情了，認真回答：「不是什麼急事，只是有點事出門了。」身為房客的我沒權利再往下追問，我沉默了。

我換了衣服想著要不要坐下來時，夫人和女傭都回來了，終於到了晚餐所有人面對面坐在餐桌的時刻了。在我剛搬過來時，受到客人的待遇，每到吃飯時刻，女傭會端著餐食到房間來，不知何時開始這個慣例消失了，變成吃飯時，我被叫到飯廳吃飯。K搬過來後，我建議他和我一樣的做法就好，不過我為此送了夫人一張用薄木板做成的可折式帥氣餐桌，現在每個家庭都用這種餐桌，不過那個時代，幾乎沒什麼家庭會圍著餐桌吃飯，這是我特地到御茶水的家具店，請他們按照我的設計做出來的。

在餐桌上，夫人跟我解釋說那天賣魚的沒在通常會出現的時間來，因此她們只好到鎮上去買要給我們吃的東西。原來如此，既然家裡有房客要照料，是該那麼做的，在我這麼想時，千金又看著我笑了出來，不過這次馬上就被夫人罵而停住了。

二十七、

才過一個星期，我又穿過了K和千金一起聊天的房間了，那時千金一看到我就笑了出來，我如果能馬上問她在笑什麼就好了，可是我終究什麼都沒問，就回到自己的房間了，所以也沒時間讓K問那句「現在回來啊」，千金馬上打開紙拉門往客廳走去了。

晚餐時，千金說我是一個奇怪的人，我那時也沒問為什麼奇怪，只發現夫人瞪著千金。

飯後我邀K出去散步，我們兩個從傳通院後方繞過植物園的大街，然後往富坂下繞出來，以散步路徑來說並不算短，可是在這當中我們聊的話題極少，以個性來看，K的話比我還少，而我也不是那麼多話的人，不過我一路上都儘量找話題跟他聊，我的話題主要是關於這個家裡的家人，我想知道他對夫人和千金的看法，可是他的回答盡是些讓人摸不著邊際的內容，而且那些回答不僅不得要領，還極為簡短，看來比起那兩位女性，他花更多的心力在他的專攻上，本來那時就是正面臨第二學年的考試，就一般人的立場來看，他更像個學生吧，再加上他講出史威登堡[1]如何如何時，讓沒學問的我驚訝不已。

1 Emanuel Swedenborg，1688年1月29日～1772年3月29日，著名瑞典科學家、哲學家、神學家和新教會的理論奠基人。

我們順利通過考試時，只剩一年就能畢業了，夫人為我們感到高興，而夫人唯一驕傲的千金也快畢業了，K對我說女人真的是什麼都沒學到就畢業了，K眼中似乎沒看到千金除了學校的課之外，還另外學了裁縫、古琴、插花等才藝，我取笑他的迂腐，然後又再次跟他說那段之前討論過的話，即女生的價值不在那裡，他也沒特別反駁，但也沒露出認同的神情，這讓我覺得很高興，因為他那不以為然的態度表示出他依然瞧不起女生，而我所知的女性代表的千金，他也沒看在眼裡。現在回想起來，我對K的嫉妒心那時就已經萌芽到一個程度了。

我跟K討論暑假要不要去哪裡玩，他的回答聽起來不太想去，當然他不會自己想要去哪裡，不過只要我邀約，他應該也是哪裡都能去的，我問他為什麼不想去，他說沒什麼理由，只說想在家看書，我提出：「去避暑勝地，在涼爽的地方念書對身體也比較好。」他就說：「那你一個人去也可以啊。」但是我不想把K留在家裡自己去，我甚至看到他和這個家庭關係逐漸變好，就心情不好，如果被說現在狀況如我當初所願了，為什麼我會心情不好？那只能說我就是笨。夫人看不下去我們這無進展的爭論，遂居中協調，我們兩個終於決定去房州。

二十八、

K不怎麼出去玩，我也是第一次到房州玩，兩個人什麼都不知道，當船在第一站停下來時，我們就上岸了，記得是保田這個地方，現在變得怎麼樣我不知道，不過那時是個很糟糕的漁村，首先就是到處都蔓延著一股魚腥味，再來就是一走到海裡，就被海浪沖倒，手腳馬上擦傷，拳頭大的石頭被海浪沖刷，不停滾動。

我馬上厭煩了，不過K沒表示什麼，至少一副若無其事的神色，但他每次進入海裡都會受傷，我終於説服了他，前往富浦，又從富浦移動到那古，這些海岸在那時主要是學生的聚集地，因此對我們而言不管哪裡都是信手拈來的海水浴場。K和我常坐在海岸的岩石上，眺望著遠方海色及腳邊的海底，從岩石上往下看的水特別漂亮，紅色、藍色、平常在市場上看不到的顏色的小魚，在清澈海浪中悠游，非常繽紛。

我通常坐在那裡看書，K大部分時間什麼事都沒做只是默默地坐在那裡，我完全無法理解他這是在沉思、還是看景色看到入迷了、還是腦中天馬行空地想像。我有時會抬起頭問K在做什麼，他只簡短地說沒在做什麼，我常覺得如果現在坐在身旁的不是K而是千金的話，會有多開心啊，如果只是這樣是還好，可是我有時會忽然想到K會不會抱著和我一樣的想法坐在岩石上，想到這，我突然無法冷靜下來看書，就突然站起來，不顧一切大叫出來，我無法悠閒地開心吟唱詩歌，只能像個野蠻人般大吼大叫，有次我突然從他後面抓住他的脖子，問他說如果我就這樣把他推到海裡，他要怎麼辦，K一動也不動，且依舊背對著我說：「正好，你就做吧。」我立刻放開勒住他脖子的手。

此時K的神經衰弱已經好很多了，相反的，我卻變得越來越敏感，我看著比自己冷靜的K羨慕了起來，而且也怨恨起他來，他完全沒顯露出想和我一較高下的神色，在我看來那是一種對自己有信心的表現，但是我不滿他找回這股自信，我的懷疑升級了，想要弄清楚他找回自信的根本原因，他是在學問和事業上等自己接下來要走的路上，重新找回光明的前途嗎？如果只是如此的話，我和K沒有任何利害衝突，我反而該覺得之前對他做的事值得了而高興，可是如果他是因千金而感到心平靜氣的話，我絕不會原諒他。不可思議地他看來似乎完全沒從我平常的舉止中發現我是喜歡千金的，當然我也沒刻意要做到讓他發現，不過K本來在這方面就比較遲鈍，也因此我才在一剛開始時認為如果是K的話，不用擔心這方面的事，才特地把他帶進我們家的。

二十九、

我打算乾脆把我的心意跟K坦白，而且這也不是那時才決定的，從出發去旅行前，我就打算跟他說，只是我的手段不高明，抓不到機會也製造不出機會來說。現在回想起來，那時周圍的人大家都很奇怪，沒有任何一個人針對女性深入討論，大部分的情況是沒那樣的話題可聊，或是即使有，也不多加著墨，這在生活在自由風潮裡的你看來一定覺得很奇怪吧，那應該叫做一種道學的慣例嗎，還是一種害臊呢，就讓你自己判斷吧。

我和K什麼都能聊，雖說也不是完全沒聊過愛情或戀愛這些事，可是聊的都是抽象的理論，而且也很難得才會聊這些話題，我們聊的大多是書籍和學問方面的事，或是未來事業、抱負和修養的事，即使我們再怎麼熟，也不會突然改變相處模式，兩個人只是因為都很古板拘謹才相熟的。我自從打算要跟K坦白千金的事後，有好幾次話都到嘴邊又吞回去，我想把K的頭挖一個洞，從那裡灌進溫暖的空氣。

在你們看來非常可笑的事對那時的我實在是件困難至極的事，我在旅途中也和在家裡一樣膽怯，我隨時觀察K的狀況以便找機會跟他說，又拿他那高冷的態度沒辦法，在我看來，他心臟周圍有一層厚厚的黑漆包覆著，我想對他注入鮮血，卻一滴也滴不到他的心臟裡，只原封不動地被反彈回來。

K的態度很凜然，我有時反而放心了，然後除了在心裡後悔自己懷疑他，也同時在心裡跟他道歉，邊道歉還覺得自己是個卑劣的人而突然討厭起自己，但是再過一段時間後，以前的懷疑就又回來了，且反作用力更強，因為所有事都是從懷疑推衍出來的，所以所有條件都對我不利，外表也是K看起來比較受女性喜歡，就個性來說，他不像我這麼龜毛也是比較受異性歡迎，不拘泥於不必要的小事讓他似乎更顯男子氣概，這點也比我有優勢，若說到學問多寡，雖說我們專攻不同，不過我有自覺自己不是他對手。只要把他的優點像這樣清點一輪，稍微放心的我就馬上又恢復不安的心情。

K看到我一副心神不寧的樣子，遂提議如果我不喜歡的話，就回東京吧，可是一被這麼說，我馬上就不想回去了，老實說或許我是不想讓他回東京。我們繞過房州的海角，往另一邊前進，我們頂著烈日，嗯嗯哼哼艱辛地走，怎麼走都走不完，我完全無法理解那樣努力行走的意義，半開玩笑地跟K這麼說，他回答：「因為有腳，就走。」然後熱到受不了時，就說「下水吧」，哪個海邊都沒關係，全身泡在海裡，之後又曝曬在強烈的陽光下，所以搞到全身疲倦。

三十、

像這樣走著走著，因高溫且疲倦，自然地身體狀況就變差了，這和生病又不一樣，感覺就像是自己的靈魂住宿到別人的身體裡，我邊和K像平常一樣說話，但又好像抽離平常的心情，我對他的親近感和怨懟都帶入些旅途中特殊的氛圍，也就是說兩個人因為天氣炎熱、因為海水、因為走很多路，而加入和平常不同的新關係，那時我們就像是作伴行商的夥伴，即使說再多話，也和平常不同，都沒談到要動腦仔細思考的問題。

我們就維持這種情況到銚子，途中有個插曲我至今仍無法忘記，在我們還沒離開房州前，兩個人在小湊這個地方，參觀了「鯛浦」這個海域，因為至今已過了那麼多年，且那不是我感興趣的事，所以記得不是很清楚，可是聽說那裡是日蓮的出生地，傳說日蓮出生那天，有兩隻鯛魚被打上岸，自此之後那個村莊的漁夫至今都不捕鯛魚，因此海域充滿鯛魚，我們特地租了小船出海看鯛魚。

那時我只專心地看著海浪，然後覺得那海浪中跳動的泛紫色的鯛魚很有趣，饒富興味地觀賞著，可是K看來似乎沒有我那麼有興趣，比起鯛魚，他滿腦子想的是日蓮的事，剛好那裡有一座叫做誕生寺的寺廟，可能是因為這裡是日蓮出生的村莊所以取名為誕生寺吧，是座宏偉的寺院，K說想去跟住持會面，老實說我們穿著相當奇異的服裝，特別是K，他的帽子被風吹到海裡後，就買了頂草帽戴，而衣服更是兩個人的衣服都沾滿了污垢且散發出汗臭味，於是我說不要去和住持會面比較好吧，K很頑固並不聽我說，並說如果我不想的話，就在外面等他就好了，沒辦法我只好和他一起走進玄關，不過在心裡想著反正一定會被拒絕，可是住持意外地很殷切，招呼我們進去寬敞氣派的大廳，馬上就接見了我們。因為那時我和K的想法大不相同，所以也不怎麼想聽他和住持的談話內容，K好像仔細問了日蓮的事，當住持說到日蓮的草書寫得之好，好到被稱為「草日蓮」時，字跡拙劣的K露出不以為然的神色，這景象我還記得。相較於這件事，K想知道的是更有深度的日蓮吧，就這點而言，住持有沒有滿足到K是個疑問，不過他出了寺院後，不停地對我敍述起日蓮的事，而我則是熱到快中暑了，根本沒心情聽他高談闊論，只是隨口應了幾聲，後來連這麼做都懶了，索性都不開口了。

好像就是隔天晚上吧，我們兩個回旅舍吃了晚飯後準備睡覺前，突然針對艱深的問題爭論起來，K對於他昨天跟我說日蓮的事時，我沒有回應感到很不高興，他說在精神層面上不求進取的人是笨蛋，把我形容為是個很沒內涵的人，但是我心裡盤據著千金的事，所以對他這番近乎侮辱的話無法視而不見，遂為自己辯解了起來。

三十一、

那時我不斷用「人性」這個詞，K說我只是用「人性」這個詞掩飾自己所有的弱點罷了，事後回想起來，的確正如他所說的，可是我本來就是想讓K接受「他缺乏一般人性」這種想法才用這個詞，出發點就已經是採取反抗的態度了，因此也沒心思去反省，我又更強調自己想說的話，於是K追問我是什麼地方讓我覺得他缺乏人性，我告訴他：「你很有人性，或者該說是太有人性了，只是嘴上說些沒有人性的話，或是做出些沒有人性的行為舉止。」

我一這麼說，他只回答那純粹因自己的修養不夠才讓別人看起來像這樣，一點都沒想要反駁我的樣子，與其說我失去幹勁，倒不如說是反而覺得他很可憐，我馬上停止爭論，他的態度也漸漸地平靜下來，他一臉悵然地說如果我像他一樣那麼了解古人的話，應該不會採取那麼攻擊性的態度。K嘴裡的古人，當然不是什麼英雄豪傑，指的是為了成就靈魂而虐待肉體或是為了得道而鞭策身體的那些所謂艱苦修行的人，K直接跟我說我都不知道為此他有多痛苦，他覺得很遺憾。

我和K說到此就睡了，然後隔天開始就又恢復成前幾天那種普通的行商態度，一步一腳印地揮汗繼續走，可是我一路上不時想起那天晚上的事，不禁懊悔起那是個千載難逢的機會，我卻一副不知情似地白白錯過這個機會，其實我可以不用「人性」這麼抽象的詞，而用更直截了當的簡單說明對Ｋ坦白就好，老實說，我之所以創造出那個詞，也是因為基於我對千金的感情，因此比起把這個事實轉換成抽象的理論告訴Ｋ，將事情原貌攤在他面前講，確實對我比較有利，但我在這裡坦承我之所以無法那麼做是因為我認為我們兩個的關係是基於學問交流而形成的，在這種關係裡自己生出了種惰性，但自己又沒有足夠的勇氣斷然打破此狀況，若說這是太做作或是虛榮心作祟，都一樣，我說的做作或是虛榮心，和一般世間的定義有些許不同，如果你能理解我說的，就足夠了。

我們一身黑地回到東京，回來後我的心情又改變了，什麼有無人性的狡辯已遠離我的腦海，Ｋ那副宗教家的樣子也消失了，或許那時他的心裡已沒有那些靈魂啊、肉體啊等概念存在，我們兩個露出像是外來人的神情，東張西望眺望著看來很繁忙的東京，然後到兩國，在酷暑中卻吃著雞肉火鍋，Ｋ說要以這種氣勢一路走回小石川，就體力而言，我是比他好的，遂立刻答應。

回到家時，夫人看到我們兩個的樣子大吃一驚，兩個人不僅變黑，還因為拼命走路而消瘦不少，夫人誇讚我們也因此變結實了，千金說夫人講的話自相矛盾很好笑，又笑了出來，旅行前有時會為此生氣的我，那時也只覺得很愉快，應該是狀況特殊，因為太久沒聽到了吧。

三十二、

不只如此，我發現千金的態度和之前有點不同，從長途旅行回來的我們要恢復到原本的生活，凡事都需要她們幫忙，除了夫人的幫忙外，千金看來總是以我為優先，之後才幫忙K，如果做得太明顯的話，我可能會感到困惑，有些情況下甚至會反而感到不愉快，不過千金在這方面拿捏得很好，這讓我很高興，也就是說，千金以只有我知道的方式，多分一些親切給我，因此K也沒特別感到不悅，他不在意，我在心裡默默地對他表示敬意。

不久夏天過了，九月中旬起我們又回學校上課了，K和我又因為各自的上課時間不同，出門和回家的時間也早晚不一，一個星期內有三天我會比K晚回家，不過不管什麼時候回家，已沒有千金待在他房裡的情形出現了，K照例看向我問：「現在回來啊？」而我也如同機械般，極其簡單且無意義地點頭。

記得那是發生在十月中旬的事，有天我睡過頭了，穿著家居和服就急急忙忙地去學校，連鞋子都覺得要綁鞋帶很麻煩，套上草鞋就飛奔出家門了，那天就課表來看的話，我會比K先回家，認為是這樣的我回家在拉開格子門時，竟然聽到應該還沒回來的K的聲音，同時耳邊也響起千金的笑聲，因為我沒像往常穿著需要解鞋帶的鞋，遂馬上進入玄關拉開紙拉門，我看到一如往常坐在書桌前的K，但是千金卻已經沒在那裡了，只瞄到像是從K房間逃出去般的千金的背影，我問K為什麼早了點回家，他說因為心情不好就請假了。我回到自己的房間坐下來，不一會兒後，千金端著茶走了進來，此時她才跟我打了招呼說：「你回來啦。」一我不是那種能夠笑著問她剛才為什麼逃走了的乾脆男人，因此就只能在心裡一直卡著這件事，千金馬上沿著緣廊走去，可是在K的房間外停下來，和房內的K講了兩三句話，聽起來像是繼續剛才的談話內容，可是沒聽到前面的我完全聽不懂。

不久後千金的態度漸漸變得很自然，即使我和K都在家，她也常到他房間緣廊外叫他的名字，然後進去房內待著，當然有時是拿郵件進去，有時是送洗好的衣服過去，這樣的路線對同住在一個屋簷下的兩個人而言是很理所當然的，但看在強烈想把千金佔為己有的我的眼中，總是會過度解讀這些情形，甚至有時覺得千金故意不來我的房間，而只去K的房間。你可能會問那為什麼不請K搬出這個宅邸吧，但這麼做就失去我堅持把他帶進來的好意了，這我做不到。

三十三、

十一月某個寒冷的下雨天，我外套被雨淋濕，如同往常穿過蒟蒻閻魔[1]，爬上狹窄的山坡路走回家，K的房間沒人，可是火盆上剛燃燒的火看起來很溫暖，我想趕快把冰冷的雙手放在燒得紅紅的木炭上取暖，迅速打開自己房間的拉門，卻發現我房間的火盆只剩下冷卻掉的灰燼，連火種都完全燒完，我突然心煩起來。

此時聽到我的腳步聲出來的是夫人，夫人看著默默站在房間正中央的我，過意不去地幫我脫掉外套並穿上和服，然後聽到我說很冷，馬上去隔壁把K的火盆搬來，我問K回來了嗎，夫人說他回來後又出門了，依那天的課表也應該是K比我晚回家才是，我納悶著怎麼了，夫人說可能有什麼事吧。

我就坐在那裡看了一會兒書，家裡很安靜，沒聽到任何人說話的聲音，在這當中感覺到初冬的寒意和孤寂侵蝕著我的身體，我馬上闔上書本站起來，我突然想去熱鬧的地方。雨總算停了，可是天空看起來還是像冰冷的鉛塊般沉重，為了以防萬一，我把蛇眼傘[2]扛在

1位於東京都文京區小石川裡的一間淨土宗的源覺寺內的閻魔堂，對治療眼疾很有效果，信眾供俸蒟蒻因而得名。
2傘面為紅色或藍色，中間有一圈白環，撐開後呈蛇眼狀。

肩上，繞過砲兵工廠後方的土牆往東走下坡，那時路還沒修好，所以坡度比現在更陡峭，寬度也很狹窄，不像現在這麼筆直，再加上走下山谷後，南方被很高的建築物擋住，排水不好，道路泥濘不堪，特別是走過寬度很窄的石橋往柳町大路之間這段路真的非常難走，不管是穿跟較高的木屐還是穿長靴都很難走，道路正中央有一條因把泥土分道兩旁而自然形成的細長空隙，每個人都小心翼翼地走在上面，寬度僅僅一兩尺，大家都在這上面排成一列魚貫前進，我在這條細細的帶狀路上，突然撞見K，只注意腳下的我到和他迎面撞上時都沒注意到他的存在，因為路被擋住了，我抬起頭才看到迎面而來的是K，我問他剛才去哪裡，他只用一貫冷淡的口吻說：「就到那裡一下。」他和我在狹窄帶狀路上錯身而過，然後我看到在他後面站著一個年輕女生，因為我近視，剛才都沒發現後面的人是誰，等和K錯身而過看到那個女生時，才發現她是千金，我非常驚訝，千金紅著臉跟我打招呼，那時的盤髮方式和現在不同，沒有瀏海，而是把頭髮梳到頭頂正中央，像蛇一樣一圈一圈盤起來，我怔怔地看著千金的頭頂，下一秒才想到誰該讓路這個問題，我毫不猶豫地單腳踏入旁邊的泥濘裡，把相較之下好走的路讓出來給千金走。

然後我到了柳町大路上，卻不知道該去哪裡好，因為不管去哪裡心情都不好，我不顧泥濘飛濺起來，在泥海中自暴自棄快步亂走，之後就馬上回家了。

三十四、

我問K是跟千金一起出門嗎？他說並不是，只是在真砂町偶然碰到，才一起回家的，我不得不停止繼續追問，可是在吃飯時，在千金面前又想問她那個問題，於是千金又像我討厭的那樣笑起來，要我猜猜她去了哪裡，那時我還有點神經質，被年輕女性這麼輕浮地對待，感到很生氣，然而同一張桌上發現到這件事的只有夫人，K倒是很不在意。說到千金的態度，不知道她是故意那麼做，還是無意間的天真無邪的表現，無法確實判斷，以年輕女性而言，千金算是有分寸的人，可是想想，她也確實有些我討厭的那些年輕女性的共通點，而我討厭的點在K來了之後才開始注意到，我分不清該把這現象歸咎於是我對K的嫉妒心，還是該視為是千金對我使出的技巧。我現在也絕不否認我那時的嫉妒心，因為如同我重複好幾次，我明顯意識到愛的背面隱藏著這種情緒，而且在旁人眼裡，這些情緒都發揮在微不足道的小事上，雖說這是題外話，不過這種嫉妒心不就是愛的反面嗎？我結婚後就自覺嫉妒心漸漸減弱，相對的愛情這種感覺也絕不像原本那麼強烈。

我想著是否要乾脆把自己至今猶豫的心意全部坦然告訴對方，我說的對方指的不是千金，而是夫人，我想和她開天窗說亮話請她把千金嫁給我，但是雖然我有這樣的決心，卻一天天延後我執行的日子，這樣的我看起來是多麼優柔寡斷的人啊，嗯，被認為是這樣也沒關係，而實際上之所以讓我裹足不前的，並不是意志力不夠，在K來之前，討厭被人玩弄在掌心的心情讓我忍耐壓抑住，一步也無法動，而K來了之後，或許千金對K有意思的念頭阻止了我，但我決定如果千金真的喜歡K甚於我的話，這份戀愛就沒有說出口的價值，這和覺得失敗很丟臉的心情有點不同，即便我再怎麼喜歡對方，但對方的心是傾向別人的話，我也不想和這樣的女人在一起，世間或許也有些不顧對方不願意，硬把自己喜歡的女生娶回家的人，可是當時我認為那些人要不就是比我們都滑頭的男人，要不就是完全不了解戀愛心理的蠢蛋，只要娶回家凡事都能解決的這種理論，崇尚愛情的我是怎麼樣也無法認同的，也就是說我是極為高尚的愛情理論家，同時也是最迂迴的愛情實踐者。

對千金這個當事人直接表白的機會，在我們一起生活這麼久裡不時會出現，可是我都刻意避開，那時的我強烈認為以日本的習慣而言，不容許這樣的事發生，可是我絕不是只被這種想法束縛住，而是估計日本人、特別是日本的年輕女性，在這種情況下，沒有勇氣對對方毫無顧慮地把內心所想的全部講出來。

三十五、

因為這些原因使我不管往哪個方向都沒有進展，裹足不前。在身體狀況不好的時候午睡，有時雖然能夠睜眼清楚看到周圍的景象，但手腳再怎麼樣就是無法動彈，我偶爾經歷這種不為人知的痛苦。

不久過了年，來到立春，某天夫人跟K說要玩歌牌[1]，叫他帶些朋友一起來玩，K馬上回答他沒有任何朋友，夫人很驚訝，原來K沒有任何一個稱得上是朋友的人，在路上遇到會打招呼的人可能多少有幾個，可是和那些人絕沒有好到能叫他們來玩歌牌，夫人就轉而叫我找幾個認識的人來，但不巧地我沒心情玩那麼歡樂的遊戲，就隨口含糊回答結束這個話題。但是到了晚上，我和K還是被千金叫去玩，明明沒有客人來，就我們幾個人玩，在人數少的情況下玩歌牌非常安靜，再加上K不擅長玩這類遊戲，他就像只是袖手旁觀般無法參與，我問K到底知不知道《百人一首》[2]的詩歌，他說不是很清楚，聽到我的問話的千

1歌牌從江戶時代中期開始盛行，過去為日本宮廷遊戲，近期演變成競技項目。歌牌由各一百張「詠唱牌」和「奪取牌」組成，共兩百張，詠唱牌上印有歌人肖像、作者及和歌，奪取牌上則印有以日文假名書寫的和歌後半部。

2原指日本鎌倉時代歌人藤原定家私撰的和歌集，藤原定家挑選了100位歌人的各一首作品，彙編成集，因而得名。利用《百人一首》進行的歌牌遊戲盛行至今。

金，大概以為我看不起K吧，之後開始明顯地幫助K，最後變成他們兩個一組對抗我的情況，我很可能會因為對方的表現而吵起架來，還好K的態度和一剛開始都沒改變，他完全沒露出得意的樣子，我也才能安然結束這場遊戲。

兩三天後，夫人和千金一早就出門去位於市谷的親戚家，我和K都因為學校還沒開學，像是看家般留在家裡，我那時不想看書也不想去散步，就只是呆呆地把手肘撐在火盆邊緣托著腮想事情，隔壁房裡的K也完全沒發出聲音，雙方都處於一個不知道在不在家的安靜狀態，本來這種事在我們兩人間就不是什麼稀奇的事，我也沒特別在意。

十點左右，K突然打開兩個房間之間的紙拉門，和我的眼對上，他站在門檻上問我在想什麼，我本來就沒特別在想什麼，而且如果真的有在想，大概就是平常就在想的千金的問題了吧，而那個千金旁當然會有夫人出現，不過最近K就像個無法切割的人，在我腦中不停盤旋，把問題弄複雜了，和K對上眼的我覺得至今下意識地認為他是一種礙事的存在，可是又無法確定就是那樣，我依然看著他的臉什麼都沒說，於是K逕自進來我的房間，在我靠著的火盆前坐下，我馬上放下撐在火盆邊緣的手肘，並把火盆往他那裡推過去。

K開始說起不像他會說的話，他說：「不知道夫人和千金去市谷的哪裡？」我說：「大概就是阿姨家之類的地方吧。」他又問：「那位阿姨是什麼人？」我告訴他：「應該是軍人的夫人吧。」他又問：「女人大概都是要忙到十五號之後才有空出門活動，她們為什麼那麼早就出門？」我只能回答：「我也不知道為什麼。」

三十六、

K不停地聊夫人和千金的事情，最後還深入到我答不出來，與其說我覺得很煩，更該說覺得很不可思議，當我想起之前我提起那兩位的事時他的反應，就無法不注意到他現在的樣子改變了，我忍不住問他為什麼今天一直談這件事，他突然沉默了，不過我注意到他緊閉的雙唇嘴角在顫抖，他本來就是個沉默寡言的男人，平常當他想說些什麼前，就會習慣性地抿嘴抖動，像是反抗他的意志而打不開，或許充滿了重要的內容，一旦脫口而出時，那聲音的力量勢必比一般人強好幾倍吧。

我凝視著他嘴邊，瞬間察覺他又想說出些什麼，可是我完全抓不到他現在是在為說什麼做準備，遂感到驚恐，請想像一下，如果從他那沉重的嘴裡坦率講出他對千金的那份思慕之情的話，我該怎麼辦，我就像被他的魔法棒點到，一度石化，連嘴巴都無法開闔。

那時的我可說是全身充滿了恐懼，或說是充滿了難受，就是全身僵硬，從頭到腳突然僵硬成石頭或鐵塊，甚至連自在呼吸都無法，還好那狀態沒持續很久，過了那瞬間，我又恢復成正常人了，立刻想到「糟了，被超前了」。

不過我也沒思考接下來要怎麼做，或許是無法思考吧，我腋下冒出冷汗滲透襯衫，我一直忍著不動，這段時間，K用一如往常的沉穩語調，一點一點透露出自己的心意，我難受得不得了，我想那股難受就像大廣告般將「難受」大喇喇地貼在我臉上，K再怎麼神經大條也應該注意得到，但是他只把注意力放在自己的事上面，沒心思注意到我的表情，他的真心自白從頭到尾都維持同樣的語調，沉穩緩慢，不過給我股無法撼動的感覺。我的心一半聽著他的自白，一半不斷想著「該怎麼辦、該怎麼辦」而心緒不寧，細節幾乎沒聽進去，儘管如此，他說出口的內容還是強烈震動著我的心，因此我不只感到方才提到的難受，有時還感受到一種恐懼，也就是萌生「他比我強」的恐怖念頭。

K把他要說的事說到一個段落時，我什麼都說不出口，我也要像他一樣坦白跟他說我的心意嗎？還是不說才是上策呢？我不是因為想著兩個做法的利害關係而沉默著，單純只是什麼話都說不出來，而且也沒心情說。

吃午飯時，我和K相對而坐，在女傭的伺候下，吃著索然無味的一頓飯，兩個人在用餐期間幾乎沒開口說話。不知道夫人和千金幾點會回來。

三十七、

兩個人回到各自的房間後就沒再碰面，K和早上一樣安靜，而我也凝神思考。

我當然認為我該對K表明我的心意，可是也覺得現在說太晚了，為什麼剛才不把K的話題打斷，由我主動發動逆襲呢，現在覺得那真的是個很大的失策，至少在他說完後，我也當場說出自己的想法，這樣也還好，在K坦白後過了一段時間後，又由我說出同樣的事情，再怎麼想都很奇怪，我不知道有什麼方法能打破這種不自然的狀況，我腦海充滿悔恨搖擺不定。

我好希望K再次打開隔間紙拉門走進來，在我看來，剛才完全就是遭遇到突襲，我完全沒有對抗他的準備，我企圖找回早上失去的東西，因此不時抬起頭望向紙拉門，可是那扇紙拉門不管過多久都沒打開，且K一直很安靜。

不久後，我開始被這股寧靜攪亂心情，非常在意K現在於紙拉門的彼方想著什麼事呢？平常也總是像這樣彼此間就隔著一扇拉門，雙方都很沉默，不過通常是K越安靜，我就越忘了他的存在，所以那時的我可說是快抓狂了，雖然這樣，我也不能主動去開紙拉門，因為既然沒在好時機說出口，我認為除了等待對方再次出擊，別無他法。

但我再也沉不住氣了，勉強自己按兵不動，只會更想闖進K的房間，沒辦法了我站起來走出緣廊，從那裡走到客廳，也沒什麼特別的目的，把鐵壺裡的水倒入杯子裡，喝了一杯，然後我走出玄關，我故意避開K的房間，像這樣在街道上尋找自己，當然我沒什麼特定的目的地，只是無法待在原地不動，因此往哪個方向走都行，只是在正月的街道上漫無目的亂走。不管我多努力走，滿腦子想的都是K的事，雖說我也不是為了把K趕出腦海中才走的，反而是自己邊主動咀嚼他的行為舉動邊隨意晃晃的。

首先我覺得他是一個讓人無法理解的男人，為什麼會突然對我說出那件事？還有為什麼他的戀情強烈到讓他想說出來？還有平常的他到哪裡去了？這些都是我難以理解的問題。我以前就知道他很堅強，也知道他很認真，我堅信在我決定之後要用什麼態度面對他前，有很多事必須先跟他確認，同時也覺得今後要跟他對抗有點不舒服，我忘我地在街道上行走時，眼前始終出現靜坐在自己房間裡的他的容貌，而且不管我怎麼走，似乎聽到一個聲音告訴我「你終究是沒辦法撼動他的」，也就是說我把他視為一種魔物了，甚至覺得我會永遠被他詛咒。

當我一身疲倦地回到家時，他的房間依舊是安靜到感覺不到有人在。

三十八、

我回到家不一會兒就聽到車子的聲音，那時還沒有現在的橡膠輪胎，從遠遠的地方就聽得到嘎啦嘎啦的討厭聲響，很刺耳，車子不久就在門前停了下來。

我被叫去吃晚餐是在那三十分鐘後，夫人和千金的正式外出服還亂丟在隔壁房間，為那間房點綴了些雜亂的色彩，她們說太晚回來對我們過意不去，所以趕緊回來準備晚飯，不過夫人的這番體貼對我和K沒起什麼作用，我坐在餐桌上，像是惜字如金的人只講些不帶情感的場面話，K比我更少話。鮮少一起出門的那對母女，比平常更雀躍，所以更顯現出我們的態度很奇怪，夫人問我怎麼了，我答心情有點不好，而我實際上也真的心情不好，這回換成千金問K同樣的問題，K不像我一樣回答心情不好，而是說只是不想說話而已，千金追問為什麼不想說話，我那時突然抬起沉重的眼瞼看向K，因為我很好奇他會怎麼回答，K的嘴唇按照往例稍微顫抖著，這反應在不知情的人看來，只會解讀成正在猶豫要如何回答吧，千金笑著說：「你一定又是在想什麼很難的事了吧？」K的臉頰泛起一抹緋紅。

當晚我比往常早上床，因為夫人掛心著我晚餐時說不太舒服，遂於十點左右端了蕎麥湯來要給我，可是我的房間已經一片黑暗，夫人唸著：「唉呀呀。」把紙拉門拉開一條小縫，燈光從K的桌上隱約斜斜地照進我的房間，看來K還醒著，夫人在我枕邊坐下，說：

「你大概是感冒了，暖一下身體會比較好喔。」並把碗遞到我臉旁，不得已我只好在夫人面前把那碗蕎麥湯咕嚕咕嚕喝完。

我在一片黑暗中思考到很晚，當然就只是繞著同一個問題轉，完全無法解決，我突然想到K現在在隔壁房間做什麼，我半無意識地喊著：「喂！」於是那一方也呼應了：「喂！」K也還醒著，我隔著拉門問他：「你還不睡啊？」對方只簡短地回：「要睡了。」我又補問：「你在做什麼？」這他就沒回答了，不過約莫五、六分鐘後，聽到日式衣櫃被喀啦打開後鋪床的聲音，我問：「幾點了？」K說：「一點二十分。」不久聽到吹熄燈油的聲音，整個屋子陷入一片黑暗，寂靜無聲。

但是我卻在這股黑暗中有點清醒了，我又在半夢半醒間喊了：「喂！」K也用剛才的語調回：「喂！」我終究主動跟他說：「關於今天早上你說的事情，想再聊詳細一點，你方便嗎？」我當然沒想要隔著紙拉門談，只是認為應該能馬上得到K的回覆，但是他這次沒像剛才那兩次回應「喂」那麼乾脆地回我，只是拖著聲音說：「這個嘛……」這個反應又讓我吃了一驚。

三十九、

K那含糊的回答，在隔天還有再隔天，都明顯在他的態度上表現出來，他絕不顯露出想主動提及那個問題的神情，不過也是因為沒什麼機會，因為只要夫人和千金不一起出門的話，我們兩人也無法靜下心來聊之前那件事，這我非常能理解，雖然理解，但心裡還是莫名地焦慮，結果就是本來打算等待對方來談，不過我也暗地做好心理準備，決定只要有適當機會來臨，我就要開口。

同時我默默地觀察全家人的樣子，不過不管是夫人的態度還是千金的舉止，都和平常沒什麼不同，在K坦承自己心意的前後，她們的舉動都沒改變，也就是說他只對我說出他的心意，至於關鍵的千金，或是其監護人夫人，他都還沒對她們坦白，這麼一想，我稍微放心了，然後想著既然這樣，與其勉強硬找出機會刻意地提及這個話題，倒不如做好心理準備，等機會自然來臨時，不要再錯過就好了，於是我決定暫時不談起這件事。

這麼說起來好像很簡單，但到能這麼想之前的心路歷程就像漲潮退潮般高低起伏，我看到K不動聲色的樣子，就為此做了各種解讀，我也觀察夫人和千金的言語動作，揣測她們表現出來的是不是和心裡想的一樣，想著裝在人心裡的複雜機械是否能像時鐘的指針般，清楚無虛偽地在鐘盤上指著數字，總之我把同一件事想著可以這樣解讀也可以那樣解讀後，才終於這樣定案了，說得更難一點，定案這個詞或許不該用在這個場合上。

不久後學校開學了，我們在雙方上課時間相同的那些天會一起出門，如果雙方時間能配合的話，也一起回家，外人眼中看來，我和K兩個人和之前沒什麼兩樣，關係很好，可是在我們心裡想必是各自想著各自的事。某天我突然在路上質問起K，我的第一個問題是他之前跟我坦白的事是只告訴我嗎？或是也跟夫人和千金講了呢？因為我認為他對這個問題的回答會影響我接下來該採取的態度，於是他明確地說他還沒跟其他人說，我確定事情和我推測的相同，內心欣喜不已，我很清楚K比我還不顧義理，也有我的膽識不敵他的自覺，不過另一方面又莫名地相信他，雖然他欺騙了養父母三年的學費，不過無損於我對他的信任，我反而更相信他，因此不管我再怎麼疑神疑鬼，心裡完全沒想要否定他的答案。

我又問他要怎麼處理這段感情？只是單純想把心意講出來而已？還是希望坦白後能收到實際的效果？可是到了這個問題，他卻什麼都不回答，他不發一語看著地上往前走，我拜託他不要對我有所隱瞞，把心裡想的事全部告訴我，他直截了當地說他沒必要對我隱瞞，可是針對我想知道的答案，他一句話都不透露，我也無法堅持停在路上打破砂鍋問到底，就那樣算了。

四十、

某天，我進入許久沒去的圖書館，我在一張大桌子的一角，身體半邊曬著從窗戶照射進來的陽光，邊反覆翻著最新一期的外國雜誌，因為我的導師給我個功課，要我在下週前找個和專攻科系有關的議題，可是我卻一直找不到和我研究相關的資料，所以我必須借兩三次雜誌，最後我終於找到我需要的論文，專心地研讀起來，此時大桌子的對面突然有個小小的聲音叫了我的名字，我抬頭瞅了一眼，看到K站在那裡，他上半身趴在桌上把臉湊向我，大家都知道在圖書館裡不能大聲喧嘩吵到別人，所以K那時的那個動作是每個人都會做的普通事，可是我那時卻興起一股奇妙的感覺。

K小聲問我：「在念書嗎？」我回：「在查一些資料。」即使如此K還是沒把他的臉移開，一樣小聲地說：「要不要一起去散步？」我回答：「可以等我一下嗎？」他說：「我等你。」就在我前面的空位坐下來，這樣一來，我就分心了，雜誌突然看不下去了，總覺得K胸有成竹地要來談判，不得已我只好把沒看完的雜誌闔上並站起來，K沉穩地問：「已經看完了嗎？」我答：「沒什麼差。」還了雜誌後就跟K走出圖書館。

因為我們兩個也沒特別想去的地方，就從龍岡町走到池子邊，進入上野的公園，此時他突然開口談起那件事，綜合考量前後情況，他應該是為了談那件事才刻意找我去散步的，可是他的態度一點都沒有往實際做法的方向發展，他只是沒頭沒尾地問了我一句：「你覺得怎麼樣？」，「覺得怎麼樣」這個問題指的是我怎麼評判陷入戀愛深淵的他，總歸一句話，他希望我針對現在的他做些評判，自此我肯定他確實和平日不同了。我已說過好幾次，他天性就是很堅強，不畏其他人的想法，他只要是自己相信的事，就有膽識和勇氣一個人不斷往前衝，因養父母事件，這個特色在我心裡留下深刻的印象，如果其樣態跟平常不同的話，當然很明顯就看出來了。

我對K說事到如今為什麼需要我的批判，他用不同於平常的口氣說：「我是個軟弱的人，我覺得很丟臉。」又說：「因為我很迷惘，看不清自己，所以除了跟你詢問客觀公正的批判外別無他法。」我抓到機會進一步追問：「迷惘什麼？」他說明：「迷惘該往前進還是往後退。」我搶先一步問：「如果你想退的話退得了嗎？」於是他突然說不出話來，只說：「我覺得很痛苦。」實際上他的表情看起來是真的很痛苦，如果對方不是千金的話，我一定會回些他想聽的內容，如同甘霖般澆灌在他乾渴的臉上吧，我相信自己生來就有這種神聖的同情心，但是那時的我並不是那樣的。

四十一、

我就像要和其他流派比武般仔細觀察K，我把我的眼、我的心、我的身體等所有掛上「我」的器官，全神貫注地對著K，無罪的K這時的狀態與其說是滿目瘡痍，更該說是門戶大開，就像是我從他手中接過他保管的要塞地圖，且在他面前仔細研究起來。

發現K在理想與現實間徬徨徘徊的我，只想到我現在可以一拳打倒他，然後馬上趁虛而入，我旋即對他擺出嚴肅正經的態度，當然這是種策略，不過我也隨之緊張，所以完全沒感到自己滑稽或羞恥，我先放話：「精神層面上不求進取的人是笨蛋。」這是我們在房州旅行時，K對我說過的話，我用和他一樣的語氣把他講過的話一模一樣地回敬給他，不過這絕不是報仇，我承認我這麼做是帶著比報仇還冷酷的意圖，我想用這句話阻斷橫亙在K面前的戀愛發展。

K是出生於真宗寺的男人，但他追求的目標從中學時代開始就和出生家庭的宗旨不太相近，對教義上的區別不甚清楚的我沒什麼資格評論這件事，這我很清楚，我只是就男女關係這點這麼認定。K從以前就喜歡「精進」這個詞，我把這個詞解讀成也包含禁欲的意思，可是之後聽了實際情形，才知道還含有更嚴肅的含意，我很驚訝，為了「得道」而理應犧牲一切是他的第一信念，所以要少欲或禁欲是理所當然的，連無欲的戀愛也會妨礙「得道」，在K靠自己的能力生活時，我常聽他講這些論點，從那時就對千金有好感的我，再怎麼樣也非得反對他的論點不可，我一反對，他就露出很可憐我的神情，那神情裡與其說同情，更顯露出輕蔑。

因為兩個人過去有過那樣的交流，所以可知「精神層面上不求進取的人是笨蛋」這句話，對K而言是多致命的一擊，可是剛才也說過了，我的這一句話並不是想要把他好不容易建構起來的過去抹煞掉，反而是想讓他照過去所堅持的繼續建構下去，至於是否真的能得道，還是能上天堂，我都不在意，我只是害怕K會突然轉換人生方向，而損害到我的利益，簡而言之，我說的那些話只顯示出我的自私心態而已。

「精神上沒有上進心的人，是笨蛋。」

我又再次說了同樣的話，然後觀察這句話對K會造成什麼影響。

「是笨蛋，」不久K回答，「我是笨蛋。」

K突然停下腳步不再前進，他凝望著地面，我不自覺地驚了一下，我感到K在那瞬間似乎從小偷變成強盜，可是我發現即使如此，他的聲音卻很沒精神，我想看他的眼神來判斷他的心情，但他始終沒再看我，不久後，他又緩緩邁開腳步。

四十二、

我和K併肩往前走，並在心裡等待他開口說的下句話，或許該說是我在埋伏還比較適當，那時我甚至認為即使出其不意攻擊K也無所謂，可是畢竟我也是受過教育相當有良心的人，所以如果有人來到我面前悄聲跟我說「你很卑鄙」的話，我或許會驚醒，如果那個人就是K的話，我應該會在他面前羞到面紅耳赤，只是K實在太正直、太單純、人格太善良，導致他不會責備我，良心被遮蔽的我那時忘了對他表示敬意，反而趁虛而入，打算利用這個特質把他打倒。

一會兒後K叫了我的名字看向我，這次換我自然停下腳步，於是K也停下來，那刻我總算能看到他的眼睛，K比我高大，我必須抬頭看他，我的態度就像帶著野狼的心面對無罪的羊。

「別談這個話題了。」他說。他的眼神和聲音都帶股莫名的悲痛感，我無法回話，於是K用拜託的口吻說：「別說了。」我那時給了他很殘酷的回應，就像是野狼抓到機會咬住羊的咽喉。

「什麼叫『別說了』，又不是我起頭的，本來不就是你起頭的嗎？不過如果你想結束這個話題也可以，但是如果只是嘴上沒說而已也不是辦法，除非你的心也有停止這麼想的覺悟，你到底對你平日的主張抱有什麼想法？」

我這麼說時，覺得高大的他在我眼前變小了，雖然他是個非常頑固的男人，不過另一方面就是比任何人都更誠實，在自己的矛盾被強烈責難時，絕對沒辦法平心靜氣的，我看到他的反應終於放心了。他說：「是『覺醒』嗎？」我還沒回答時，他又說了句：「覺醒……也不是無法覺醒。」他的樣子像是自言自語又像是在講夢話。

兩個人就此打住這個話題，邁開腳步往小石川的住處走去，雖是個沒什麼風的溫暖日子，不過怎麼說都是冬天，公園裡很淒涼，特別是被霜打落樹葉而失去綠意的茶褐色杉木樹梢，聳立在灰濛濛的天空裡，當我回頭看到此情景，覺得背上升起一股寒意，我們加快步伐穿過傍晚的本鄉台，爬上對面的小山丘，走下小石川的山谷，一直到此刻，我才終於感覺到外套底下身體的溫度。

或許也是因為我們正在趕路，在回程路上幾乎都沒開口，回到家坐到餐桌時，夫人問為什麼這麼晚才回家，我回答K邀我去上野，夫人驚訝地說：「在這麼冷的天氣？」千金問：「去上野做什麼？」我只回答：「沒什麼，只是去散個步。」平素就不多話的K比平常更沉默，不管是夫人問他話，還是千金格格笑，他都沒怎麼搭理，然後像是沒咬就吞下去般把飯菜扒入口，在我還沒離開餐桌時，他就回到自己的房間了。

四十三、

那時還沒有「覺醒」或「新生活」這些詞語，可是K之所以沒乾脆地告別過去的自己，孤注一擲地往新方向前進，並不是因為他沒有現代人的想法，而是因為他有不能拋棄的尊貴的過去，甚至可說他就是為此活到今日的也不為過，所以K說他不會一個勁地往愛的目標前進，絕不是證明他的愛不夠強烈，不管他的感情再怎麼熾烈，他也不能輕率採取行動，只要沒有那種讓他不顧前後衝動行事的機會，他勢必會佇足不前，回顧自己的過去，然後依照過去指引出的道路，繼續走下去，再加上他有現代人沒有的固執與忍耐，這兩點讓我自認看透他的心。

從上野回來的那晚，對我而言是比較平靜的夜晚，K回房後，我也隨後跟上，坐在他的書桌旁，然後我故意跟他扯些不重要的閒話，他似乎覺得我很煩。我的眼裡閃著勝利的光輝吧，我的聲音也帶著得意的語調，我和K在同一個火盆上讓手取暖後，就回到自己的房間，其他不管做什麼事都無法贏他的我，只有在此時才能毫無畏懼地面對他。

我不一會兒就安穩入睡了，可是好像突然聽到有人呼喚我的名字而驚醒，睜眼一看，隔間紙拉門開了兩尺寬的縫，那裡站著K的黑影，而且他的房間還維持傍晚時燈亮著的狀態，世界突然改變的我一時間無法開口，只是一臉茫然地看著這個景象。

此時K問：「睡著了嗎？」他平常就很晚睡，我面對著像個黑影的K反問：「什麼事？」他答：「也沒什麼重要的事，只是上完廁所回來看看你睡了沒而已。」由於他背對燈光，我完全看不清楚他的臉色和眼神，不過他的聲音聽起來比平常還沉穩。

不久K把紙拉門關上，我的房間又恢復原本的昏暗，我又閉上眼做起比這黑暗更安靜的夢，之後就不省人事了。可是到了隔天早上想起昨夜發生的事，總覺得不可思議，我甚至覺得會不會全部都是我在做夢，因此在吃飯時問了K，他說昨天確實有打開紙拉門呼叫我的名字，我問他為什麼那樣做，他也沒清楚回答，就在我想算了時，他突然問起最近我睡得熟嗎，我覺得很疑惑。

那天剛好我們兩個的第一堂課是同一個時間，於是一起出家門，我從早晨就很在意昨夜發生的事，於是在路上又對K窮追不捨地問，可是他還是沒給我滿意的答案，我還特別提到他是不是想要針對前一天談的那件事再討論，他加強語氣地說不是，聽起來很像是他在強調「昨天在上野不是已經說『這件事就別再談了』嗎」，在這種事上，K是個自尊心很強的男人，倏地想到這點的我突然聯想到他用過的「覺醒」這個詞彙，於是至今毫不在意的這兩個字開始以一股奇妙的力量壓制我的思緒。

四十四、

K的個性很果斷，這我非常清楚，也很了解他唯獨在這件事上優柔寡斷的原因，也就是說我除了理解他平常的狀況外，也掌握了例外的狀況，這讓我覺得很得意，但是當我把「覺醒」這個他說出來的詞在腦中咀嚼無數次後，我的得意心情漸漸消失，最後開始動搖了起來，我想到搞不好這次的狀況對他而言並不是例外，而且開始懷疑他是否已在心裡有個將所有疑惑、懊惱一次解決的最終手段，然後用新的訊息重新審視「覺醒」這兩個字，大吃了一驚，那時我如果順著這股驚訝再度公正地審視他口中關於「覺醒」的內含意義，或許還有救，但悲哀的是我只看到片面，我只把這個詞解釋為K對千金採取行動，一味認為個性非常果斷的他想在戀愛方面有所發展，這就是他所謂的覺醒。

我心裡傳出我自己也要有最後決斷的聲音，我馬上鼓起勇氣要回應這股聲音，我下定決心要比K先採取行動，且要在他不知情的情況下進行，我默默地觀察有沒有什麼好機會，可是過了兩天、三天，都找不到好機會，我打算選個K不在家、且千金外出的空檔，跟夫人展開談判，可是連續好幾天都是即使一方不在、還有另一方在家攪局，一直沒出現那個「就是現在」的時機點，我焦慮不已。

一週後，我終於等不下去了，就裝病待在家，夫人、千金、K都來催我起床，我都只是應個聲，到十點左右還躺在被窩裡，直到我估計K和千金都出門了，家裡安靜後才起床。看到我的夫人馬上問我：「哪裡不舒服？」並說她會端食物到床邊給我，勸我再躺一下，身體沒任何不適的我實在無法再繼續躺著，洗了臉就一如往常到客廳吃飯，此時夫人從長火盆的另一端遞餐給我，我拿著不知該說是裝著早餐還是午餐的碗，一心想著該怎麼切入話題，因此外表看起來，就像是身體不舒服的病人。

我吃完飯抽起菸來，因為我沒離開餐桌，夫人也就不能離開火盆，她喚來女傭，請她把碗盤收走，將水注入鐵瓶，擦拭火盆邊緣，配合我的步調。我問夫人她有沒有特別的事，她說沒有，然後反問：「為什麼這麼問？」我說：「老實說我有話想跟您說。」她看著我問：「什麼事？」她的樣子好像無法進到我的情緒裡般輕鬆，讓我也有點難開口。

沒辦法，我只好在說法上多少拐彎抹角一下，問夫人：「K最近有沒有說什麼？」她一臉意外地反問：「說什麼？」然後在我回答前又問出：「他有跟你說什麼嗎？」

四十五、

我不打算把從K那裡聽到的事告訴夫人，一回答「沒有」，就立刻對自己說的謊感到噁心，沒辦法了，反正K也沒拜託我要說，我就改口跟夫人說：「我要說的事和K沒有關係。」夫人說：「是喔。」等著我接著說下去，如此一來我勢必得說了，我突然說：「夫人，請把千金嫁給我。」夫人雖然沒有如我預期地那麼驚訝，卻也暫時無法反應，不發一語地盯著我看，已經說出口的我再怎麼被盯著看也不能退縮，我說：「請嫁給我，務必嫁給我。」又說：「請務必嫁給我當妻子。」夫人不愧是年紀較長，比我沉穩多了，她開口問：「嫁給你也可以，可是這不是太突然了嗎？」我馬上回：「我突然想要娶她。」她聽了笑了出來，然後又確認：「你有想清楚嗎？」我強調雖然是突然說出來的，不過是想很久了，並不是臨時起意的。

之後我又回答了夫人問的兩三個問題，不過忘了是哪些問題，像男性般乾脆的夫人在這時候和一般女性不同，是個很能讓人敞開心扉談的人，她說：「好，就嫁給你吧。」隨後又拜託我：「不能那麼傲慢地說『就嫁給你』，請你娶她，你知道的，她是個沒有父親的可憐孩子。」

整件事簡單明瞭地談完了，從開始談到結束大概沒花到十五分鐘，夫人沒提出任何條件，她說不需要和親戚討論，只要事後再跟他們報告就好了，也明白說了不需要問本人意願。說到這些，好像是做學問的我反而更重視形式，我提醒夫人說：「親戚就算了，但按照順序不是應該先跟本人說，得到她的同意嗎？」夫人說：「沒關係的，我不會把那孩子嫁給一個她無法接受的人。」

回到自己房間的我想到事情莫名地進行得這麼順利，反而覺得很奇怪，「這樣真的沒問題嗎？」懷疑不知從何處鑽進腦海，不過大致上我未來的命運就這樣定下來了，這個想法讓我的一切宛若新生。

中午時刻我又到客廳，問夫人打算什麼時候跟千金提早上說的事，她說只要她同意了，什麼時候說都沒差吧之類的話，這樣看來，好像她比我還像男性，我就想退回房間，此時夫人把我叫住，說如果我希望她早點跟千金說的話，今天說也可以，等千金上完課回來，就馬上跟她說，我說能這樣做是再好不過了，就回到自己的房間。可是當我想像著安靜坐在書桌前，遠遠聽著她們兩個人小聲談話的自己，總覺得會坐立不安，到頭來還是戴上帽子出門了，然後又在坡下遇到千金。毫不知情的千金看到我非常驚訝，我脫下帽子問：「現在回來啊？」她不可思議地問：「你的病好了嗎？」我說：「嗯，好了，好了。」就飛快地往水道橋的方向走去。

四十六、

我從猿樂町走到神保町的路上，轉向小川町，我以前走在這一帶通常都是因為想逛舊書店，可是我那天完全沒心情翻閱那些舊書，我邊走邊不斷想著家裡的事，剛才和夫人對話的情景歷歷在目，也想像著千金回家後的情景，我就像是被這兩個景象逼著走路，而且我會不時地停在路上發起呆來，然後想著現在夫人正在跟千金講那件事吧，有時又想著或許她們已經談完了吧。

我終於走過萬世橋，爬上明神的坡道，走到本鄉台，然後又走下菊坂，最後走下小石川的山谷，我走的距離橫跨這三區，也可說是畫了一個變形的圓，但我在這麼長的散步時間裡，都沒想起K。我現在回顧那時候的我，即使問說為什麼會這樣，我也答不出來，只覺得很不可思議，我竟然會忘記K，一方面說緊張也是緊張，不過我的良心應該不至於允許這種情形發生。

讓我對K恢復良心的是在我打開家裡的大門、從玄關往房間走去時，也就是照例穿過他的房間的那瞬間，他如同往常面對著書桌看書，也一如往常將視線離開書望向我，可是他沒有如同往常跟我說：「現在回來啊？」而是問：「病已經好了嗎？有去看醫生嗎？」我在那剎那想要在他面前跪下磕頭道歉，而且我那時興起的衝動程度絕對不低，如果只有我和K兩個人站在曠野裡，我一定也會順從良心的指使當場跟他謝罪，但是其他房間裡還有別人在，我在意這點，遂沒這麼做，而且悲哀的是良心永久無法復活了。

吃晚飯時，我又和K碰面了，毫不知情的K只是悶不吭聲，一點都沒懷疑我，不明就裡的夫人比平常更開心，只有我了解所有狀況，我食之無味，那時千金沒有像平常一樣跟大家同桌吃飯，夫人催她來吃飯時，她只說：「馬上過去。」對此K感到不可思議，飯後問夫人怎麼回事，夫人說：「大概覺得不好意思吧。」看了我一眼，K覺得更奇怪，追問：「為什麼不好意思？」夫人只是微笑地看向我。

我從坐上餐桌時就觀察夫人的臉色，推測出事情進展得很順利，可是也無法忍受夫人在我面前詳細說明給K聽，而夫人又是比較會不經意地說出來的那種人，害我提心吊膽的，幸好K又恢復沉默，心情比平常更好的夫人也就沒再繼續說出讓我擔心的事了，我鬆了一口氣回到房間，但是我必須開始思考今後要怎麼面對K，我在心裡為自己做各種辯護，但是無論哪個理由在面對K時，都站不住腳，卑怯的我就不想自己跟他說了。

四十七、

我抱著這樣的心情過了兩三天，這兩三天裡，不用說，對K源源不絕的愧疚壓在我心頭，光這樣就讓我覺得不為他做些什麼，很對不起他，再加上夫人的表現及千金的態度老是好像在催促我趕快說般刺激著我，讓我更難受，個性像男生的夫人說不準何時會在餐桌上對K全盤托出，自那之後千金對我的態度行為明顯不同，難保不會讓K起疑，我無論如何要讓K知道我和這個家庭成員間有新的關係成立了，但是我也認為自己在倫理上站不住腳，以致於極難跟他開口。

沒別的辦法了，我想拜託夫人請她跟K說，當然是要在我不在家的時候，但如果如實告知的話，只是我直接告訴他或是間接讓他知道的差別而已，我照樣覺得沒面子，而且如果請夫人代說的話，她一定會追問為什麼要由她說，如果因拜託夫人而要講出所有事的話，就等於我願意在自己喜愛的人與其母親面前暴露出自己的缺點，耿直的我只覺得這有損我未來的信用，在結婚前就失去戀人的信用，即使只失去一分一毫，我也覺得是無法忍受的不幸。

簡而言之我是個打算走正路，結果不小心滑了一跤的蠢蛋，或者該說是個狡猾的男子，而有發現這件事的人目前只有上天和我而已，可是我因此陷入個困境，就是如果要重新站起來再往前跨出一步，現在滑的這一跤也一定會被周圍的人知道，我一心只想隱瞞這件事，同時，不管怎樣都必須往前跨出，我夾在這之間動彈不得。

五、六天後，夫人突然問我跟K講那件事了嗎，我說還沒，她就責備我為什麼不說，面對這個提問，我怔住了，那時夫人說了一段我至今仍記得牢牢的事：

「難怪我跟他說了之後，他臉色大變，你也不應該啊，平常明明關係那麼好，卻裝作無事人似地沒告訴他。」

我問夫人：「K那時有沒有說什麼？」夫人說：「他沒特別說什麼。」但是我忍不住要進一步問更詳細的事，夫人本來就沒理由隱瞞任何事，雖然說著「沒什麼重要的」，不過還是把K的反應一五一十地告訴我。

綜合了夫人的說法，K雖然驚訝但還是很鎮定地迎接了這最後的打擊，K剛聽到我和千金間的新關係時只說：「這樣啊。」不過夫人說：「你也為他們開心啊！」他才看著夫人微笑地說：「恭喜！」然後離席，之後在要拉開客廳的拉門前，又回頭問夫人：「什麼時候結婚？」又說：「我是想送個什麼當賀禮，可是我沒錢，沒辦法送。」坐在夫人面前的我聽了這句話，胸口一緊苦悶得不得了。

四十八、

算了一下，夫人跟K說了之後，已經過了兩天，這兩天內，K對我的態度跟以前沒有不一樣，我完全沒發現，他那超然的態度即使只是表面工夫，也讓我佩服至極，我在腦中將他和我排在一起比較，覺得他看來比我正派多了，心中升起一股「我雖然在策略上勝出，但在人品上卻輸了」的漩渦，我那時覺得K一定超看不起我的，獨自羞愧得面紅耳赤，但事到如今要我出現在K面前遭受他奚落，對我的自尊心而言是更大的苦痛。

我猶豫著要不要主動跟他說話，決定等到隔天再看看，那是星期六的晚上，但是那晚K自殺死掉了，至今我想起那情景還是戰慄不已。我通常是面朝東邊睡覺，只有那個晚上偶然面朝西邊睡，或許這是某種徵兆。隔著我和K間的紙拉門通常是關著的，那晚我被枕邊吹進的一股寒風驚醒，一看發現那扇紙拉門和之前那晚一樣是開著的，但是沒有像之前一樣看到K站在那裡的黑影，我就像是被什麼召喚了一樣，用手肘撐起身體，皺眉望了一下K的房間，發現燈微微亮著，床也鋪好了，可是棉被被翻起疊在腳邊，然後看到K臉朝下趴著。

我叫：「喂！」可是他沒回我，我又叫：「喂！你怎麼了嗎？」可是K的身體動也不動，我馬上起來走到門檻邊，從那裡靠微亮的燈光環顧他房間的樣子。

那時我瞬間的感覺和K突然對我坦白他的戀情時的感覺幾乎一樣，我一眼環顧完他房間裡的狀況，眼睛卻像用玻璃做成的義眼一樣失去動的能力，我全身僵硬地呆立在那裡，那景象如一陣疾風穿過我，我想著「糟了！」，已經無法挽回了的黑暗光束貫穿我的未來，一瞬間照著橫亙在我面前的一生，然後我哆哆嗦嗦地發起抖來。

即便如此，我也沒忘記我自己的事，我馬上看到放在桌上的那封信，不出所料那是封寫給我的信，我不顧一切地打開來看，不過裡面沒寫著我預想中的事，我預想裡面會寫些對我的嚴厲批判，而且如果讓夫人和千金看到的話，她們會有多看不起我，我滿心害怕著這件事，在稍微瞄完整封信後只想著「還好，他沒寫那些」（原本這就只是勉強在面子上還掛得住，可是在那個情形下，對我而言，面子掛不住是個很重大的事件）。

信的內容很簡單，而且還非常抽象，寫著因為他自己意志薄弱，前途無望，所以自殺，然後在信的最後又簡潔加上些感謝我至今照顧他的話語，也寫著順便要麻煩我幫他處理後事，他說抱歉給夫人添麻煩了，要我幫他跟夫人道歉，也拜託我通知他故鄉的家人，他一條一條寫出重要的事，唯獨不見千金的名字，我看到最後，馬上就察覺到這是K故意迴避的，但讓我感到最痛心的是他最後用僅剩的墨水追加的那句話「我應該早點死的，為什麼活到現在」。

我雙手顫抖著把信紙摺好又放回信封裡，我故意把它放回書桌上讓大家都看得到，然後一轉頭，才看到飛濺到紙拉門上的血跡。

四十九、

我突然用雙手稍微捧起K的頭，我想看一眼K死掉後的臉，可是由下方往上看他朝下的臉時，我馬上把手放開，不只是因為感到戰慄，而是他的頭非常重，我從上方觀察著摸起來冰冷的耳朵及和平常一樣剪成五分頭且濃密的毛髮，我一點都哭不出來，只覺得恐懼，而且那股恐懼感並不是只因眼前光景刺激感官而引起的單純恐懼，而是剎那間深深感受到這個身體已冰冷的朋友示意出的命運的恐懼。

我完全失去判斷力，又回到自己的房間，然後在八張榻榻米大的房間裡踱步徘徊起來，我的大腦命令我這麼做，即使沒什麼幫助，我覺得一定要做些什麼，但也同時認為什麼事都無法做，遂在房內不斷踱步徘徊，就像是被關進籠子的熊一樣。

我不時想去裡面的房間把夫人叫醒，可是我又想到讓女人看到那種恐怖的景象很不好，遂打住，夫人還沒關係，但絕對不能給千金看到這麼嚇人的事，這股強烈的意志讓我沒那麼做，我又開始踱步徘徊了起來。

我點了自己房間的燈，然後不時看向時鐘，沒有什麼比那時的時鐘走得更慢的東西了，雖然我不記得我確切是在幾點起來的，不過確定是黎明前，不斷徘徊焦急等待天亮的我，擔心起該不會天永遠不會亮吧。

我們習慣在七點前起床，因為學校的課大多八點開始，如果沒那個時候起床會來不及，因此女傭會在六點左右起床，可是那天我在還沒六點就去叫女傭起床，然後夫人提醒說今天是星期日呀，她是被我的腳步聲吵醒的，我跟夫人說既然她醒來的話，就請到我的房間一趟。夫人在睡衣上披上外衣，跟著我走進房，我一進房就把原本開著的那扇隔間紙拉門關上，然後小聲跟夫人說：「發生了一件不得了的事。」夫人問：「什麼事？」我用下顎指指隔壁房間說：「不要太驚慌。」夫人臉色蒼白，我說：「夫人，K自殺了。」夫人全身瑟縮起來默默地看著我，此時我突然雙手著地跪在地上磕頭道歉：「抱歉，是我不對，對您和千金都造成困擾。」在我見到夫人前，都沒想到要講這句話，可是一看到夫人卻不自覺地說了出來，你就把這想成無法對K道歉的我，不得不這樣跟夫人和千金道歉，超然的我超越了平常的我，沒多想就開口懺悔。夫人沒注意到我的話裡有更深層的意思，這對我來說是萬幸的，她只是慘白著臉安慰我：「這是意外，也沒辦法啊。」可是那張臉佈滿驚訝和恐懼，讓臉上的肌肉都僵硬了。

五十、

我覺得雖然對夫人過意不去，不過還是拉開剛才關上的紙拉門，此時K房間的燈油已燃盡，房間裡幾乎一片黑暗，我轉頭去取來自己的燈之後看著站在入口處的夫人，夫人稍微躲在我身後環顧四張榻榻米大的房間，但是她沒打算進去，對我說就保持這樣，叫我把遮雨窗打開。

之後夫人展現出不愧是軍人遺孀的態度，俐落處理事情，我又去找醫生又去警察局的，不過這些都是夫人命令我去做的，這些手續都辦好前，她沒讓任何人進K的房間。

K用小刀割斷頸動脈一刀斃命，沒有任何其他的傷痕，那時我才知道我在似夢境中的昏暗燈光下看到的紙拉門上的血跡，是從他的脖子上瞬間飛濺出來的，我藉白天的光亮再次清楚凝望那些血跡，然後驚訝於人類血液的衝勁之大。

夫人和我費盡各種技巧和方法把K的房間打掃乾淨，還好他大部分的血都被棉被吸收了，榻榻米沒怎麼弄髒，打掃起來還算輕鬆，我們兩個人把他的屍體搬到我的房間，讓他像是普通睡覺的樣子般躺著，之後我發電報給他的家人。

我回到家時，K的枕邊已經焚了香，一進房間就聞到一陣佛壇香撲鼻而來，我看到一陣煙霧繚繞中坐著兩個女人，這是自昨夜以來，我第一次看到千金，她在哭，夫人也哭紅了雙眼，從事件發生後都忘記哭的我，那時終於湧起一陣悲傷，我胸口因為這股悲傷，不知獲得多大的解脫，對我那被痛苦和恐懼攫住的心，注入一些潤澤的正是那時的悲傷的眼淚。

我默默地坐在她們的旁邊，夫人跟我說：「你也上個香吧。」我上完香後又默默地坐了下來。千金沒跟我說任何話，偶爾跟夫人說了一兩句話，不過都是要處理眼前的事才開口的，千金還沒有心情聊K生前的事，我也在心裡想著還好沒讓她看到昨夜的慘狀，讓年輕美麗的人看到恐怖的事，會破壞那美麗，這是我不願見的，連我的恐懼蔓延到頭髮末端時，我做任何處置時都沒有忘記這個想法。不久後我的心籠罩著一股如同對無罪的美麗花朵胡亂鞭打的心情。

K的父親和哥哥從故鄉到東京來時，關於K的遺骸要埋在哪裡這件事，我表述了我的意見，我想起在他生前，我們常在雜司谷附近散步，那裡是K非常喜愛的地方，因此我曾半開玩笑地跟他約定好：「既然你這麼喜歡這裡，那你死後我就把你埋在這裡吧。」我也認為依約把K埋在雜司谷是個無上的功德，可是我也決定在我有生之年，每個月都要到K的墓前跪著對他懺悔。或許是因為K的父親和哥哥都認為我一直照顧他們沒好好照顧的K，遂聽從了我的意見。

五十一、

K葬禮結束回家的路上，有一個K的朋友問我為什麼他會自殺，自從事件發生以來，這個問題已經困擾我很久了，夫人和千金、從故鄉遠道而來的K的父親和哥哥、收到通知的朋友們、連和他無關的報社記者，所有人都一定會問我這個相同的問題，每次被問到，我的良心就像是被千萬根刺刺到般痛楚，然後我在這個問題的背後聽到「你趕快承認是你殺掉的吧」這樣的聲音。

不管對誰，我的答案都一樣，我只是重複他留給我的信的內容，沒有多加任何一句話。喪禮結束回家的路上，問同樣問題、聽到同樣回答的K的朋友，從懷裡拿出一張報紙，我邊走邊看他指給我看的地方，那篇寫著K被父親和哥哥斷絕關係後，他感到很厭世才自殺的，我什麼話都沒說，把報紙摺好還給朋友，那個朋友還跟我說還有其他報導寫著K發瘋了才自殺的，因為太忙幾乎沒時間看報紙的我完全不知道這些事，可是在心裡一直很在意這件事，我最害怕的莫過於出現給家人添麻煩的報導，即使只是把千金的名字寫出來，我也無法忍受，我問那個朋友說其他還有沒有寫什麼，他說他看到的只有這兩種版本。

我們在那不久後搬到現在這個家，夫人和千金也不想住在之前那個房子裡，我也因每天晚上都會喚起那夜的記憶而很痛苦，因此經過一番討論，我們決定搬家。

搬家兩個月後，我順利從大學畢業了，畢業後不到半年，我終於和千金結婚了，在外人眼光看來，因為所有事都如計畫進行，認為是很值得恭喜的事，夫人和千金看起來也很幸福的樣子，我也很幸福，可是我的幸福裡有黑影隨行，我擔心這份幸福會變成將我引向悲慘命運的導火線。

結婚時，千金──已經不是千金了，接下來改口叫妻子──妻子像是想起什麼似地，提議兩個人去K的墓祭拜，我不自覺地震驚了一下，問她為什麼會突然想這麼做，她說兩個人一起去的話，K應該也會很高興吧，我端詳著什麼都不知情的妻子，直到她問我為什麼露出那種神情，我才回過神來。

我如妻子所願兩個人一起前往雜司谷，我在K的新墓碑上澆水，妻子在墓前擺上香和花，兩個人低頭合掌，妻子想必是想把我們兩個結婚的事跟K報告讓他開心吧，可是我只在心裡不斷唸著「是我對不起你」。

那時妻子摸著K的墓碑誇讚說：「真是個好墓碑啊。」其實那個墓碑並不是多特別，只是因為是我去石材行挑選的，所以妻子才會特別拿出來講吧，我對比想著新的墓碑、新的妻子、還有埋在地下的K的新白骨，不由得感到命運的嘲諷，我決定以後絕對不要再跟妻子一起去K的墓祭拜。

五十二、

我對亡友的這種感覺一直持續著，老實說一剛開始我也很害怕那種感覺，甚至連期待多年的結婚都可說是在不安的心情下舉行的，可是既然看不到自己的未來，我認為也可換個解釋方式，即或許這是個改變我的心境，讓我進入另一個新生涯的契機，但是一旦成為丈夫，和妻子朝夕相處，我那渺茫的希望就被嚴峻的現實生活破壞殆盡了，我面對妻子時，突然會受到K的威脅，也就是說隔著妻子，我和K永遠連結著分不開，我對妻子沒任何不滿，唯獨在這一點上讓我想遠離她，於是這種感覺很快就反映到女人心裡，雖然她感受到，可是她不理解其原因，我也常常被妻子質問「為什麼會那樣子想？」、「你對我有什麼不滿？」，如果只是笑著結束是還沒什麼關係，可是有時妻子也會很激動，最後她就會說出一些怨言如「你一定是討厭我吧！」或是「你一定有些什麼事瞞著我」，每當這種時候我都痛苦不已。

有好幾次我都想豁出去跟妻子坦承所有事，可是每當話到嘴邊時，就有一股外力忽然出現阻止我說出口。雖然我覺得不必特別對理解我的你多做說明，可是因為是該說的道理，所以我還是要說，即那時我對妻子完全沒想要掩飾自己，如果我用和面對亡友一樣的善良之心在妻子面前說出懺悔的話，她應該會流下喜悅的淚水原諒我吧，而故意沒那麼做的我絕不是有什麼利害關係的考量，我只是因不忍在妻子記憶裡烙印下一個黑點，才說不出口，在純白的心上不分青紅皂白滴下一滴黑墨，對我而言是極為痛苦的事，請你這麼解讀。

過了一年還無法忘掉K的我常常心緒不寧，為了排解這股不安，我埋首於書籍裡，我開始花更多心力念書，並等著某天能將念書的成果發表於世間。可是勉強設立這個目標，勉強等待某天能達到目的，這些都不真實，所以很不快樂，我再怎麼樣也無法把心思放在書籍上，我又雙手抱胸觀望起世間。

妻子似乎認為我因為當前不受金錢困擾，心情上鬆懈了，妻子家也有些母女兩人不工作也生活得下去的家產，因此我不找工作也沒關係，被那麼想也無可厚非，我有幾分被慣壞的感覺吧，可是讓我完全不採取行動的主要原因並非起因於此，被叔叔欺騙當時的我，深切體認到不能信任別人，不過那是因為把其他人都當作壞人，才覺得自己是個崇高的人，我相信無論世間如何，我自己是個正派的人，但這卻因為K的事件而完全崩壞了，當我意識到自己也跟叔叔是同一種人時，突然搖擺不定起來，討厭其他人的我也突然討厭起自己，遂不想採取任何行動了。

五十三、

無法讓自己埋首於書籍裡的我，有陣子想藉由將靈魂沉浸於酒精來忘卻自我，我並不喜歡喝酒，不過喝了後發現自己酒量越來越好，只是想藉著喝很多酒將心灌醉。追求這短視近利的做法沒多久，我就又更厭世了，因為我會在喝得爛醉時突然回神意識到自己的處境，意識到自己只是個故意這麼做、藉以掩飾內心真正想法的蠢蛋，於是身體顫抖的同時，眼和心也都清醒了，有時不管喝多少，都進不去這種偽裝的狀態，只一個勁地消沉下去，有時又是技巧性地獲取愉悅感後，一定會有鬱悶感反撲回來，我每次都會被我深愛的妻子和其母親看到這一面，而她們也以她們的立場來解釋我的行為。

我岳母好像有時會跟妻子說些不滿我的話，而我妻子都沒跟我說，只是她不自己責罵我的話心裡又不舒服，雖說是責罵，也不是罵得多兇，因為我幾乎沒有被妻子罵到生氣過，妻子常會拜託我：「如果我有什麼讓你不滿的地方，請不要隱瞞，直接跟我說。」而且她也會勸我：「為了你的將來，戒酒吧。」有時又會哭著說：「你最近像是變了個人。」只這樣是還好，可是她也會說：「如果K在世的話，你就不會這樣了吧？」我也有回答過：「也許吧。」可是我這麼回答的背後含意和妻子理解的含意是完全不一樣的，我內心感到無比悲傷，儘管如此，我完全沒想要跟她說明任何事。

我有時會跟妻子道歉，那都是在晚上喝醉酒很晚才回家的隔天早上，她有時會笑一下，有時沒說話，有時還會撲簌簌地落淚，不管她的反應是什麼，我都感到極度不痛快，所以在我跟她道歉的同時，也就是在跟我自己道歉，最終我戒酒了，與其說是聽了妻子的勸告戒掉的，該說是自己厭煩這個樣子所以戒掉了。

酒雖然戒掉了，可是完全沒想做任何事，沒辦法只好再次看起書來，可是看一看又把書丟到一旁。妻子常問我為什麼要念書？我只能苦笑，可是心底只要一想到我在這個世上最愛的一個人竟然無法理解我，就感到悲傷，明明有可以讓她理解的方法，可是我卻提不起勇氣讓她理解，一想到這就更悲傷，我覺得很寂寞，常常覺得我是個與世隔絕、孤獨生活的人。

同時，我反覆思考著K的死因，或許因那時整個腦中被「戀愛」這個詞支配了，我的觀察結果反而簡單且直接，我認為他就是因為失戀所以自殺了，可是之後靜下心來再思考同一件事時，又覺得事情沒那麼容易就能下定論，或許是起因於現實與理想的衝突（多這層解釋好像也還不夠），最後我懷疑起K或許也和我一樣覺得一個人寂寞得不得了，才突然自盡吧，這麼一想，我又打了個冷顫，我有預感恐怕我正走上和K一樣的道路，這股預感像陣風開始時常穿過我的心胸。

五十四、

不久後我岳母生病了，看了醫生後，他表示這是好不了的，我竭盡所能地照護她，這不只是為了病人本身這麼做，且也是為了我所愛的妻子，而且還有個更大的意義是為了人類，在那之前，我一直想做點什麼，可是因為什麼都無法做，所以不得已只好袖手旁觀，那時是和世間隔離的我第一次自己主動做幾分善事的時刻，我被一股名為贖罪的心情支配著。

岳母過世了，家裡剩下我和妻子兩個人，妻子對我說：「接下來在這世上我能依靠的，只有一個人了。」覺得自己都不認為自己可靠的我看到妻子的模樣不自覺地紅了眼眶，然後覺得妻子是個不幸的女人，而且我也把「不幸的女人」說出口，她問為什麼這麼說，她不懂我為什麼這麼說，我也沒辦法說明給她聽，她哭了，怨恨般說起因為我從平常就用偏頗的想法看她，才講得出那樣的話。

岳母過世後，我儘可能溫柔地對待妻子，不過不只因為我愛她，我的溫柔裡除了愛她個人之外，還有更深遠的含意，就像照護岳母一樣，我的心動了起來，妻子看起來很滿足，可是那股滿足裡也包含著某種因無法理解我而引起的盲點，可是即使妻子理解我，這股不足感也不會增加或是減少，因為我覺得對女人而言，比起得到一份來自基於人道立場的愛情，得到一份即使多少沒什麼道理，但只關注自己的溫柔，還比較開心，女人這種特性比男人強。

某天妻子聊起「為什麼男人心和女人心無法合而為一呢」這個話題，我只說了「年輕時就可以」這種不清不楚的答案，妻子似乎在回想自己的過去，不久稍微歎了口氣。

我心裡從那時開始就時時會閃過可怕的影像，一剛開始那是偶然從外頭襲來，我嚇了一大跳，且打了個寒顫，可是一陣子後，我的心面對那股閃過的駭人影像已能自處，最後變成即使不是從外頭襲來，也像是自我出生以來，就潛藏在心底般存在著，每當我這麼想時，就懷疑起我的大腦一定不正常了，可是我完全不想要看醫生或是跟誰商量。

我只是深深感覺到人類的罪惡，這種感覺促使我每個月去K的墓地，這種感覺促使我照護岳母，這種感覺命令我要對妻子溫柔體貼，因為我有這種感覺，有時甚至會想受到不認識的路人鞭打，過了這個階段後，又覺得與其受到別人鞭打，更應該要自己鞭打自己，進而有了與其自己鞭打自己，更應該自己把自己殺掉的想法，沒辦法我只好抱著已經死了的決心活下去。

自從我有了那個決心後至今已經過了幾年了啊，我和妻子還是感情很好地生活著，我和她絕不是不幸的，我們很幸福，但是卡在我心裡的那個疙瘩，對我而言跨不過去的那個疙瘩，在妻子看來總是一團暗黑，一想到這，我就覺得很對不起她。

五十五、

決定抱著已死決心活下去的我的心，有時會受到外界的刺激而甦醒過來，可是當我想著該往哪個方向開始努力時，就會不知道從何方出現股力量，把我的心用力抓住，使之無法動彈，然後那股力量像是在跟我說「你是個沒資格做任何事的男人」，我就因這句話馬上就喪氣了，一陣子後又想振作起來，馬上又被勒緊，我咬牙切齒怒罵：「為什麼要阻撓我？」不可思議的力量冷笑著說：「你明明自己很清楚的。」我又退縮了。

你要知道，過著毫無曲折波瀾的單調生活的我，內心裡經常有這樣痛苦的掙扎，妻子看著我這樣心生焦急，但在這之前我自己都不知道經歷了幾千倍的焦急，當我無論如何都無法沉住氣待在這牢房裡時，或是再怎麼做都無法突破這牢房時，我感到最終對我而言最容易執行的就只剩自殺一途了，你可能會瞠目結舌問為什麼吧，不過總是掌控著我的心的那股不可思議的可怕力量，從四面八方阻擋了我的活動，只留了「死」這條路讓我自由前進，如果我能不動也就罷了，若稍微想動一下，就只能往那條路前進。

至今我有兩三次打算順著命運往最輕鬆的方向前進，可是我總是掛心著妻子，而且我當然沒有勇氣帶著她一起前往那條路，因為我連對她坦承一切的勇氣都沒有，不可能奪取她的天命來為我自己的命運犧牲，這麼野蠻的做法我光用想的就顫抖不已，如同我有我的宿命，妻子也有她的造化，把兩個人綁在一起丟到火堆裡，我覺得只是毫無道理且悲慘至極。

同時我也假想了一下我死後妻子的狀況，一想，就覺得她非常可憐，她在母親過世時，跟我說這世上她能依靠的就只剩我而已，她的這段傾訴深深地刻入我的五臟六腑，讓我清楚記得。我總是猶豫不前，也曾看著妻子的臉想到還好我沒執行，然後又動不了了，妻子常用不滿意的眼神望著我。

請你記得，我是抱著這樣的心情活下來的，第一次在鐮倉遇到你時、和你一起去郊外散步時，我的情緒都沒太大的波動，我身後永遠跟著一團黑影，我就像是為了妻子留條殘命在世間遊走，你畢業回故鄉前也一樣，跟你約定九月再見面的我並不是在說謊，我真的預定再和你見面，秋去冬來，直到冬季結束，都打算一直跟你見面。

結果在盛夏時，明治天皇駕崩，那時我覺得明治時期的精神是始於天皇終於天皇，最受到明治精神影響的我們，此後還要殘存下去最終只不過是落後時勢罷了，這種感覺強烈震撼著我的心，我直接了當地跟妻子這麼說，她只是笑笑不大理我，不過她又像是想到什麼似地，突然開玩笑地對我說：「可以殉死啊。」

五十六、

我在那之前幾乎忘了「殉死」這個詞，因為不是個平常需要用到的詞，就沉在記憶深處，像是個已腐朽的詞，聽到妻子那句玩笑話才想起這個詞，那時我對她說：「如果我殉死的話，打算為明治的精神殉死。」當然我的回答只不過是開玩笑的，可是那時我竟突然感到這個不需用到的古語被賦予了新的意義。

之後過了約一個月，進行完國葬的那個晚上，我如同往常坐在書桌前，聽著信號炮，在我聽來那就像是個通知明治永遠消失的信號，之後回想起來，那也是告知大家乃木將軍永遠離我們遠去，我拿著號外的報紙，不自覺地直對妻子說：「殉死、殉死。」

我在報紙上看到乃木將軍死前書寫留下來的訊息，看到他寫著自從在西南戰爭上被敵軍奪走旗子後，就因為滿心歉意而一心想尋死，苟延殘喘地活到今天時，不自覺地用手指算起乃木將軍抱著必死的決心活到現在的年月，西南戰爭是明治十年，到明治四十五年間共三十五年，乃木將軍似乎在這三十五年間直想著「要死要死」而一直等待能死的機會，我思考著對這樣的人而言，活著的這三十五年比較痛苦，還是拿刀劃過肚子的那一剎那比較痛苦，到底哪個比較痛苦呢？

兩三天後，我終於下定決心要自殺了，如同我不是很清楚乃木將軍要自殺的理由，你或許也無法理解我要自殺的原因，如果是這樣的話，只能說是因時勢推移造就出不一樣的人性了，這也沒辦法，或者該說是每個人生來就有不同的個性會比較正確吧，為了讓你了解我這個難以理解的人，我已盡己所能敍述了。

我會留下妻子一個人離開，幸好我死後，不用擔心妻子的食衣住等問題，我不想給妻子帶來殘酷的驚恐，我打算死時不讓她看到血，我要在她沒發現時悄悄地離開這個世間，在我死後，希望她以為我是猝死，即使她覺得我發瘋了我也滿足。

從我下定決心要死至今已過了十多天，請你理解，大部分的時間我都是花在寫給你的這篇長自傳上，剛開始我想要和你見面，當面說給你聽，一寫起來就發現這樣反而更能清楚地描述自己，這讓我很開心，我並不是異想天開地亂寫，我把造就我的過去當作人類經驗的一部分，毫無保留也無虛假地寫下來，除了我之外沒人能說出這些事，我的這份努力在了解人性上，對你而言也是、對別人而言也是，都絕不是徒勞無功的。我前些日子才聽說渡邊華山為了畫那幅邯鄲的畫，晚一週才自殺，旁人看來或許這是沒必要做的事，不過也可說是對當事人而言，這是要完成他心中某種要求而非做不可的事，而我的努力不單是為了實踐對你的承諾，有一半以上都是順著自我要求而得到的結果。

不過我現在已經完成這個要求了，沒有什麼事要做了，這封信到你手中時，我已經不在這世上了吧，早就不在這世上了吧。妻子十天前去了市谷的嬸嬸家，因為嬸嬸生病，那邊缺人手，我就勸她去幫忙，我在她不在的這段期間裡，寫了這封長信的大部分內容，有時妻子會回來，我就立即把這封信藏起來。

我打算把我過去的好壞都提供給世人參考，可是只有妻子例外，這請你答應我，我不想讓她知道任何事，我唯一的希望就是妻子能對我過去的記憶保持純白無垢，所以在我死後，只要妻子還在世，只透露給你知道的我的這些秘密，請全部埋藏在你心中。

夏目漱石生平年表

1867

1916

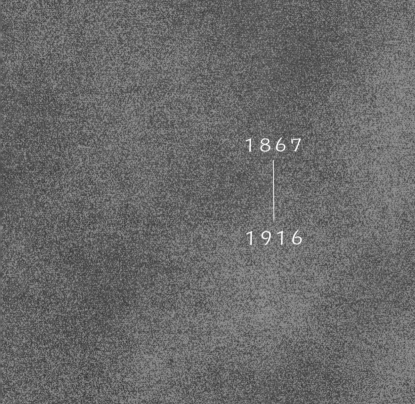

1867	0	■一月五日，出生於牛込馬場下橫町（現東京都新宿區喜久井町）。為夏目小兵衛直克（五十歲）與其妻千枝（四十一歲）所生下的第五位兒子（共育有五男三女）。取名為夏目金之助。夏目家代代雖為當地小官，但當時已逐漸沒落，因此金之助出生後便被送到位於四谷的舊家具店寄養。
1868	1	■十一月時，過繼給鹽原昌之助作養子，改姓鹽原。
1870	3	■因種痘而引發疱瘡。
1872	5	■養父以鹽原家長男的名義，替金之助申報戶籍。
1873	6	■養父被任命為淺草鎮長，於是舉家搬至淺草諏訪町。
1874	7	■因養父母感情不和，養母與金之助暫時返回夏目家居住。金之助進入淺草壽町戶田小學就讀第八級。
1875	8	■四月，養父母正式離婚。 ■五月，完成第八級與第七級的學業。
1876	9	■夏季時，與養母同時被夏目家收留，但戶籍仍設在鹽原家。金之助轉學至牛込市谷山伏町的市谷小學。
1877	10	■一月，養父遷居下谷西町。
1878	11	■二月，與島崎柳塢等友人，所創辦的傳閱雜誌上發表《正成論》一文。 ■四月，自市谷小學畢業後，就讀神田猿樂町的錦華小學，並於十月畢業。
1879	12	■於三月進入東京府立第一中學就讀。
1881	14	■一月，生母千枝去世（五十四歲）。轉學至二松學舍學習漢學。
1882	15	■欲以文學為志業，但遭長兄大助勸阻。
1883	16	■秋天，為了考大學預備科，進入駿河台的成立學舍學習英語。

1884 17

■與橋本左五郎在小石川極樂水旁的新福寺二樓賃居。

■七月，養父擅自將金之助名下的房屋變賣，後因未交出該屋，而被提出必須撤離的告訴。

■九月，考進東京大學預備科，同年級的友人有中村是公、芳賀矢一、橋本左五郎等人。入學後不久罹患盲腸炎。

1885 18

■與中村是公等十人，賃居於猿樂町末富屋，過著書生般的生活。

1886 19

■七月，因腹膜炎無法考試，成績落後而被留級。因留級的教訓，從此發憤用功，直至畢業都名列前茅。為了自立更生，與中村是公在本所江東義塾任教，並遷居至義塾宿舍。後因罹患急性砂眼，而開始從自家通學。東京大學預備科改名為第一高等中學。

1887 20

■長兄大助、次兄榮之助因罹患肺病，先後於三月、六月去世。

1888 21

■一月，復籍改回本姓夏目。

■七月，自第一高等中學預科畢業。

■九月，就讀同校的本科第一部（文科）。

1889 22

■一月，與正岡子規結交。當時的同學有山田美妙，學長有川上眉山、尾崎紅葉、石橋思案等人。

■五月，寄給子規的信中，首次附了一首俳句。於子規《七草集》的評論文中，首次使用筆名—「漱石」。

■八月，與同學至房總旅行，並於九月時，執筆以漢詩記錄此行的遊記，寫成《木屑錄》一書，邀請松山的子規寫書評。

1890 23

■七月，自第一高等中學本科第一部畢業。

■九月，進入帝國大學文科大學（現東京大學文學部）就讀英文系，獲教育部助學貸款。

1891 24

■夏天，與中村是公、山川信次郎一起攀登富士山。

■七月，獲選為獎學生。從這一年起，認真於寫作俳句。他所敬愛的嫂嫂（和三郎之妻）去世。

■十二月，受J.M.狄克生教授之託，將《方丈記》（鎌倉時代的隨筆文學）譯成英文。

1892 25

■四月，為了躲避徵兵而分家，將戶籍遷至北海道後志國岩內郡吹上町十七番地。

■五月六日，成為東京專校（現早稻田大學）的講師。

■六月，撰寫《老子的哲學》（東洋哲學之論文）。
■七、八月間，與子規同遊京都、堺、岡山，而在岡山時遭遇大水災，之後造訪子規的故鄉—松山，並結識高濱虛子。
■十月，於《哲學雜誌》發表評論《關於文壇平等主義的代表—華特・懷德曼（Walt Whitman）之詩作》。
■十二月，撰寫《中學改良策略》。

1893　26
■三月至六月，於《哲學雜誌》上連載《英國詩人對天地山川的觀念》。
■七月，自帝國大學英文系畢業。繼而進入研究所就讀。同月，和菊池謙二郎、米山保三郎共同至日光地區旅遊。
■十月，在帝大文學院長外山正一推薦下，進入東京高等師範當英文教師，年薪四百五十圓。

1894　27
■春天，因疑罹患肺病，專心療養身體。
■八月，至松島旅行，訪瑞嚴寺。
■十月，遷居至小石川表町七三法藏院。
■十二月，至鎌倉圓覺寺釋宗演門下參禪。於此年開始為神經衰弱所苦，有厭世主義的傾向。

1895　28
■四月，辭掉高等師範教職，遠赴愛媛縣松山中學任教。輾轉搬了一、兩次家後，遷居至二番町上野老夫婦家。
■十二月，返回東京。與當時擔任貴族院書記官長的中根重一之長女鏡子相親。從此時開始專事俳句創作，逐漸在俳句文壇嶄露頭角。

1896　29
■四月，辭掉松山中學的教職，轉赴九州熊本任第五高等學校講師。後於室內光琳寺町賃屋而居。
■六月與中根鏡子結婚。
■七月，升任教授。
■十月，於五高校友會誌《龍南會雜誌》上發表《人生》一文。

1897　30
■三月，於《江湖文學》發表《項狄傳》，以介紹英文小說《項狄傳》。
■六月，生父直克去世（八十一歲）。
■七月，和鏡子一同返回東京。鏡子於虎門貴族院書記官長官宿舍停留期間流產，為療養之由，短暫停留鎌倉。這期間曾經多次去探望病中的子規。
- 九月，獨自返回熊本，遷居至大江村四〇一。
- 十月，鏡子回到熊本。

1898　31

- 開始創作漢詩。
- 四月起，妻子的歇斯底里趨於嚴重，更一度企圖投水自盡。
- 十一月，於《杜鵑》發表《不言之書》。學生寺田寅彥經常來訪。妻子苦於嚴重的孕吐，而漱石本身則惱於神經衰弱的毛病。

1899　32

- 一月，赴宇佐八幡、耶馬溪、豐後日田地區旅行。
- 四月，於《杜鵑》上發表《英國文人與新聞雜誌》一文。
- 五月，長女筆子誕生。
- 八月，於《杜鵑》發表《評小說《李爾王》》一文。
- 九月上旬，與山川信次郎攀登阿蘇山。

1900　33

- 三月，遷居至市內的北千反畑町。
- 六月，奉命留職前往英國留學，進行為期兩年的英語研究工作。
- 七月，為了準備留學而離開熊本，返回東京。
- 九月，搭乘德國輪船普羅伊森號出航。同行的留學生有芳賀矢一、藤代禎輔等人。
- 十月，於巴黎停留一週，參觀當地所舉行的萬國博覽會。月底抵達倫敦，借住在S.E.伯瑞特夫人的家。

1901　34

- 一月，次女恆子誕生。
- 四月，和房東一同遷居至圖庭（Tooting）。結識長尾半平。
- 五月，池田菊苗自柏林前來探訪，受其影響開始構思《文學論》的著作。
- 五月、六月，於《杜鵑》雜誌發表《倫敦消息》。

1902　35

- 三月，執筆撰寫《文學論》。與老友中村是公會面。
- 九月，子規在根岸的自宅過世（三十四歲）。此時漱石神經衰弱症狀加重。
- 十月赴蘇格蘭旅遊。同時日本國內謠傳他發瘋的消息。

■十二月，自倫敦返國。

1903　36

■一月，抵達神戶港，返回東京。
■三月，遷居至本鄉千駄木町五十七番地。
■四月，就任第一高等學校教授，並兼任東京帝國大學文科的大學講師，講授「文學形式論」和「沙伊拉斯·瑪那」。
■六月，於《杜鵑》發表《單車日記》。神經衰弱症愈趨嚴重，與妻子分居約兩個月。
■九月，開始在東京大學講授「文學論」，此課程維持了大約兩年。另外也教授「莎士比亞」文學。
■十月，開始學習水彩畫。
■十一月，三女榮子誕生，神經衰弱再度復發。

1904　37

■一月，在《帝國文學》發表《關於馬克白的幽靈》一文。
■二月，於《英國文學會叢誌》發表譯作《索魯瑪之歌》。
■九月，任明治大學講師。
■十二月，在高濱虛子建議下，於子規門下的文章會「山會」發表《我是貓》一作。

1905　38

■一月，於《杜鵑》發表《我是貓》第一部，深受好評。在《帝國文學》發表《倫敦塔》；在《學鐙》雜誌上發表《卡萊爾博物館》。
■二月，於《杜鵑》發表《我是貓》第二部。
■四月，於《杜鵑》發表《我是貓》第三部及《幻影之盾》。
■五月，於《七人》之雜誌上發表《琴之幻音》；於《新潮》上發表談話筆記《批評家的立場》。
■六月，於《杜鵑》發表《我是貓》第四部。結束「英國文學概説」課堂。
■七月，於《杜鵑》發表《我是貓》第五部。結束「文學論」課堂。
■九月，在東京大學開了一門「十八世紀英國文學」的課。在《中央公論》發表《一夜》。
■十月，由大倉書店出版《我是貓》上集。
■十一月，於《中央公論》上發表《薤露行》一文。
■十二月，四女愛子誕生。寺田寅彥、鈴木三重吉、野上豐一郎、小宮豐隆等人，開始在漱石住處出入。

1906　39

■一月，於《帝國文學》發表《興趣的遺傳》；於《杜鵑》發表《我是貓》第七、八部。
■三月，於《杜鵑》發表《我是貓》第九部。
■四月，於《杜鵑》發表《我是貓》第十部，以及《少爺》。
■五月，出版《漾虛集》。
■八月，於《杜鵑》發表《我是貓》第十一部。
■九月，於《新小說》發表《草枕》。岳父中根重一去世。
■十月，於《中央公論》發表《二百一十日》。
■十一月，出版《我是貓》中集。
■十二月，遷居至本鄉西片町十番地。

1907　40

■一月，出版《鶉籠》，並在《杜鵑》發表《野分》。
■四月，辭去所有教職，進入朝日新聞社。
■五月三日，於朝日新聞發表《入社之辭》。同月，由大倉書店出版《文學論》及《我是貓》下集。
■六月，長子純一誕生。六月二十三日起至十月二十九日止，在朝日新聞連載《虞美人草》。
■九月移居早稻田南町第七番地，為胃病所苦。
■十月，於讀賣新聞上發表《寫生文》。約從此年開始，將和文友見面的日子定在每週四，因而稱之為「木曜會」。

1908　41

■自一月一日至四月六日，在朝日新聞上連載《礦工》，並出版《虞美人草》。
■四月，於《杜鵑》發表《創作家之態度》。
■六月，在大阪朝日新聞上發表《文鳥》。
■七月二十五日至八月五日，於朝日新聞上連載《夢十夜》。
■自九月一日至十二月二十九日，於朝日新聞連載《三四郎》，並由春陽堂出版《草枕》。
■十月，於《早稻田文學》發表了談話筆記《文學雜誌》。
■十一月，於《國民新聞》發表《荅田山花袋君》。
■十二月，次男伸六誕生。

1909　42

■一月，於朝日新聞上發表《元旦》；分別於大阪朝日新聞和東京朝日新聞連載《永日小品》散文二十四篇。

		■三月，由春陽堂出版《文學評論》。 ■五月，由春陽堂出版《三四郎》。 ■六月至十月於朝日新聞上連載《之後》。 ■九月，應滿州鐵路總裁中村是公的招待至滿州各地旅行。 ■十月，返回東京；十月至十二月，在朝日新聞連載《滿韓風光》。 ■十一月，朝日新聞設「文藝欄」，由漱石主持。
1910	43	■二月，於朝日新聞發表《客觀描寫與印象描寫》一文。 ■三月，五女雛子誕生。自三月至六月，於朝日新聞連載小說《門》。 ■五月，由春陽堂出版作品集《四篇》。 ■六月，因胃潰瘍住院，七月底出院。 ■八月六日，至修善寺溫泉菊屋旅館療養。同月的二十四日晚上，大量吐血，病情一時惡化，陷入昏迷狀態。 ■十月十一日返回東京，住進長與胃腸醫院。同月二十九日至隔年二月二十日，於朝日新聞連載《回憶錄》。
1911	44	■一月，出版《門》。 ■二月，獲頒文學博士學位，但是他堅辭；二十四日於東京朝日新聞發表《博士問題》談話筆記；二月出院。 ■五月，於朝日新聞發表《文藝委員的任務》。 ■六月，於朝日新聞發表《坪內博士與哈姆雷特》。 ■七月，《我是貓》的縮刷版出版。 ■八月，在大阪因胃潰瘍復發而住進湯川胃腸醫院。 ■九月出院返回東京。 ■十月，因朝日新聞文藝欄被廢除，而提出辭呈。後因報社挽留而撤回辭呈。 ■十一月，出版《朝日演講集》。同月，五女雛子去世。
1912	45	■自一月一日至四月二十九日，於朝日新聞上連載《彼岸過迄》。 ■三月，發表《三山居士》。 ■六月，寫下《我與鋼筆》一文。 ■七月，明治天皇駕崩，更改年號。受中村是公邀請，至鹽原、日光、輕井澤、上林溫泉、赤倉等地旅行。

1913 46

■九月，出版《彼岸過迄》。在神田佐藤醫院接受痔瘡手術。此時開始畫水彩畫並鍾情於書法。

■十二月，於朝日新聞連載《行人》。

■自一月起連續數月，受神經衰弱之舊疾折磨，相當痛苦。

■二月，出版《社會與個人》一書。

■三月，因胃潰瘍而纏綿病榻。

■四月，中斷《行人》的連載。

■九月，《行人》之續稿再度連載，十一月連載完畢，完稿後因醉心水彩畫，與畫家津田青楓往來頻繁。

1914 47

■一月七日至十二日，於朝日新聞連載《門外漢與專家》之評論文；《行人》一書由大倉書店出版。

■四月二十日至八月十一日，在朝日新聞上連載《心》一文，並於十月，由岩波書店出版。

■九月，因胃潰瘍第四度復發，在病榻休養了約一個月。

1915 48

■一月十三日至二月二十三日，於朝日新聞上連載《玻璃門內》。此時，醉心於良寬的書法。

■三月，於《輔仁會雜誌》上發表《我的個人主義》；岩波書店出版《玻璃門內》。遊京都時，因舊疾復發再度臥床。

■四月，返回東京。

■六月三日至九月十日，於朝日新聞連載《道草》，十月由岩波書店出版。

■十一月，與中村是公至湯和原旅行。經由林原耕三引薦，久米正雄、芥川龍之介等人入漱石門下。

1916 49

■自一月一日至二十一日，於朝日新聞連載《點頭錄》。十八日至湯河原療養，約停留至二月。

■四月經真鍋嘉一郎診斷，得知罹患糖尿病，而接受了為期三個月的治療。

■五月二十六日至十二月十四日，於朝日新聞上連載《明暗》。

■十一月二十二日，胃潰瘍復發再次臥床，病情急遽惡化，二十八日大量內出血。十二月二日第二次大量內出血後，於九日晚上六時四十五分永眠。翌日於醫科大學病理學教室，由長與又郎執刀進行解剖。十二日於青山齋場舉行葬儀，戒名為文獻院古道漱石居士。二十八日葬於雜司谷墓地。

1917

■一月，由岩波書局出版《明暗》一書。

■十一月，由岩波書局出版《夏目漱石俳句集》。

日本經典文學——

心

こころ

附紀念藏書票

著者　夏目漱石
譯者　林佳翰
總編輯　洪季楨
編輯　陳亭安
封面設計　王舒玗
內頁設計　王舒玗
編輯企劃　笛藤出版
發行所　八方出版股份有限公司
發行人　林建仲
地址　台北市中山區長安東路二段171號3樓3室
電話　(02)2777-3682
傳真　(02)2777-3672
總經銷　聯合發行股份有限公司
地址　新北市新店區寶橋路235巷6弄6號2樓
電話　(02)2917-8022·(02)2917-8042
製版廠　造極彩色印刷製版股份有限公司
地址　新北市中和區中山路二段380巷7號1樓
電話　(02)2240-0333·(02)2248-3904
郵撥帳戶　八方出版股份有限公司
郵撥帳號　19809050

心 / 夏目漱石著 ; 林佳翰譯. -- 初版. -- 臺北市 : 笛藤,
八方出版股份有限公司, 2022.08
面 ;　公分. -- (日本經典文學)
ISBN 978-957-710-864-7(平裝)
861.57　　111012157

定價350元
2022年8月26日　初版第1刷